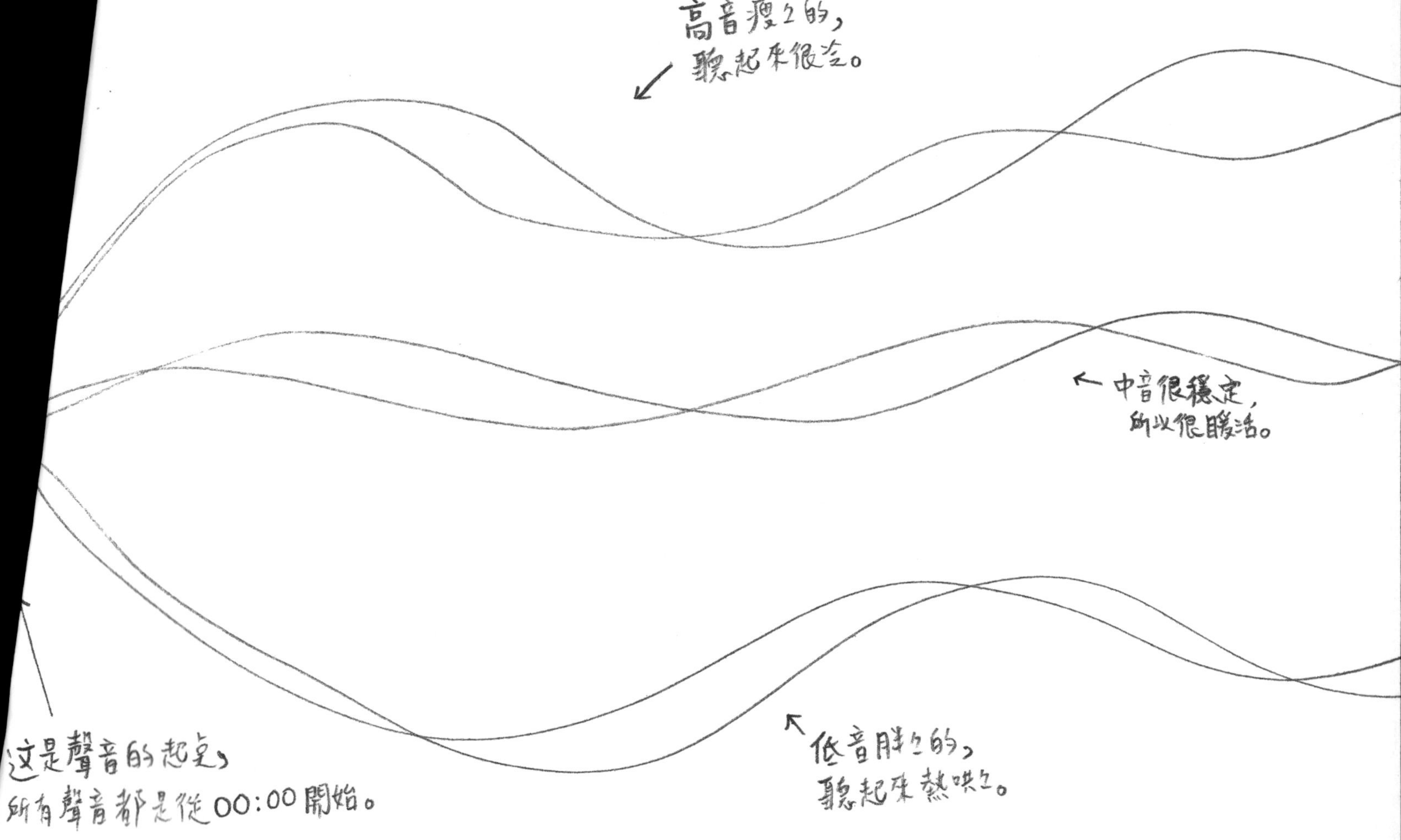
高音瘦瘦的，
聽起來很冷。
中音很穩定，
所以很暖活。
低音胖胖的，
聽起來熱烘烘。
这是聲音的起點，
所有聲音都是從00:00開始。

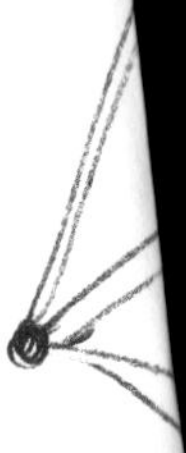

你們
你們好

郝廣才

目次

你們

你們

好

殘響與延遲

一九八九年，台北，那是一段很安靜的時間。電腦與網路是個未被孵開的生命，最新的搖滾唱片、歐洲藝文電影，諸如此類的資訊只被極少數人掌握。像我的話，八歲，只知道世界是由一條馬路、學校，還有家組成的東西。

世界的規則很簡單，每天上學，原路回家，只要小心搭電梯上樓時不要轉頭，因為兩面牆上都掛著大鏡子，它們相映著我與電梯內部無限重疊的景象，像是殘響與延遲[1]被開到最大的音源。對一個八歲的小孩，那是一種很渺小、很恐怖的暗示，好像盯著看的話，自己會不小心掉入其中一個世界，再也回不來。

家裡通常很安靜，大人不在的時候，我會跟電視機玩耍，聽它通電時發出嗡嗡的磁波聲，我喜歡把它調到沒有畫面的ＡＶ１頻道，用聽覺辨認螢幕全黑的電視是關還是開。

我曾經認為自己能聽見這些微小的改變，是件很厲害的事。電視旁邊有一台音響，在它身上有很多轉鈕跟電線，東纏西繞有自己的生命，就像電梯裡的那兩面鏡子一樣，一樣危險。幾年後我將學會怎麼使用音響聽歌，並發現「搖滾樂」的存在，但那時音樂派對已經差不多要結束，風靡一時的搖滾英雄不是喝到爛醉不省人事，就是死了永遠不會醒來。

一如鏡子裡重疊的暗示：追求音樂（或生命）的我，將移動在時代的殘響與延遲之中，被無數重複主體的影子包圍，缺乏第一手的真實與刺激。而最終我也會發現，那些我所失去的，都會再回到我身邊。

1 電吉他常用的兩種聲音效果，前者模擬聲波在密閉空間內撞擊後殘留的餘音，後者為複製聲波主體的回音。

原點

我好不容易看見自己的手指反覆壓下錄音機的按鍵，也彷彿又聽見磁帶快速轉動的聲音。這段回憶的光線如同它本身一樣神聖，等帶子轉好，等樂句開始，等著學唱一段複雜的節奏跟旋律。

「等待」從來不曾如此美好，特別是長大以後，它變成是個可恨的東西。

我坐在椅子上，抱頭回想八歲時第一次聽錄音帶的景象，那樣的時光被諸多灰塵長年掩蓋，我很驚訝自己居然還能找出這段回憶的位置。二〇一〇年，我從紐西蘭已返台四年，愣頭愣腦地玩著樂團，奉它為人生最高目標，幾年下來偶爾有令人驕傲的時刻，也很多失敗，但我（幸或不幸）無視發生的一切，只專注在找出一種「聲音」，一種屬於自己、獨一無二的音樂。姑且稱之為尋找自我的旅程吧，在諸多掙扎後，我漸漸瞭解創作者的「自我」必須被「時代」容納，才有可能靠創意生存。於是我開始接受，之前失敗的原因是因為我的作品少了一種時代性。但問題是，所謂的時代性究竟從何而來？

我只能假設時代其實是一種情感，而情感是靠回憶建立的。所以我開始尋找回憶，試著找出能夠解讀時代的線索。但令人驚訝的是，那些關於這個時代，或是說我對生命的記憶，竟在腦中像團泡過水的衛生紙，糊爛不清，沒有任何價值。

我很早就發覺自己記不得大學之前（如今連大學都有些模糊）的事情，誇張時甚至有一種「方才出生」的錯覺，但我從不以為意。偶爾回憶匱乏會讓我懷疑自己跟死人沒什麼兩樣（兩者都沒有回憶跟情感），但很快我又會把注意力放回音樂創作上。

如今我坐在椅子上，一半驚慌，一半好奇，為了創作死命地思索生命中重要的時刻，終於我想起那台錄音機，一捲錄音帶，還有屬於回憶的特殊光線。

那時我坐在床邊，母親給了我一捲錄音帶，上面寫著小虎隊[2]跟逍遙遊。她還給了我一台黑色的錄音機，按鈕功能簡潔明瞭。那是我第一次能控制一個東西，快轉，倒轉，暫停倒轉再聽一次，八歲的我心中沒有絲毫疑惑，好像這事我已做了一輩子。

忽然間，腦袋裡又閃過另一個兒時回憶，某次放假時去南部的表妹家玩，我們一群人坐在一起唱著小虎隊的歌，那是我第一次練團，空氣裡一層又一層相同的音符堆疊，飽滿得像一團濃郁的鮮奶油。

我無法理解，曾經身為小虎隊鐵桿粉絲的我，為何這些珍貴的回憶多年來不曾在腦中被喚起。而那張專輯裡的每一首歌曲，都像一場不可靠的夢一樣在腦中消失了。我打開YouTube，鍵入「逍遙遊」，我需要靠它找回我的回憶，確認在模糊的時空中，我究竟在做什麼，聽見了什麼。對於這樣的心情與行為，我很希望稱之為懷舊，但它恐怕比懷舊要更畸形。純粹的懷舊應該是去二手店、去舊書攤。我的尋找，是為了在一片空白的記憶之中，重新建立一個新的原點。

逍遙遊。莊子逍遙。東海岸逍遙遊。不對。小虎隊逍遙遊。出來了。就像即將見到失聯多年的老朋友，我很興奮，很期待如今我這雙懂得寫歌、能辨認樂器的耳朵會得到何種刺激。

音樂響起，鋪陳很陌生，很難想像這是一首我曾經很喜歡的歌。它聽起來像是一顆時光的蛋，合成器蠕動的電子音符是它穿梭空間的線條與姿態，厚實的低音不時在殼上敲出裂痕。我心裡有數，即將有怪獸拿著鞭炮從裡面衝出來。

00：17。嘹亮的喇叭聲奮力射出幾道耀眼的金光，遊行隊伍踏起步伐，不是穿軍服踏正步的那種，而是像個馬戲團，有人在飛，小丑拋球，大象咆哮。

熱鬧非凡，洶湧的老日本Funk[3]貝斯。

意外意外，自從接受搖滾樂以後，我對於男孩團體的想像就是電跟俗，聽見這個我曾經最喜歡的男孩團體居然這麼「熱」，忽然感到很欣慰。

00：34。幾句歌詞讓我想起以前不解的困惑，**輕輕鬆鬆撥個電話**，電話要撥給誰？**今天的我有些不一樣**，為什麼會不一樣？**我的夢想總在某個地方**，那到底在哪裡？夢想又是什麼？如今這些事我都經歷了，只是我從來沒有很輕鬆地撥出電話，倒是偶爾會有「今天不太一樣」的錯覺。比起來，「夢想」那段顯得實際多了。

01：12。對了，我想起那時自己根本沒空去思考歌詞中提到的灰姑娘是誰，因為我總是跟不上這段旋律的節奏（小節起音落在反拍上，至今聽起來也頗有挑戰性）。緊湊的合成器聽起來像支催人快跑的錶，八歲的我既緊張又懊惱，因為這一段唱不好的話，就沒辦法接上最過癮的副歌，於是我反覆按下倒轉快轉，一心要征服這個段落。

01：19。也許是一整個晚上，也許是半個小時，我成功了，終於搭上熱情而開闊的副歌旋律。

我在電腦前，對著拖著長長尾巴的旋律出了神。我一直很喜歡音符被拉長的感覺。綿長的音符讓我覺得自己像個遊牧民族，聽見歌聲從遠方的山頭傳來，它彌補也凸顯了時空的空白處。

我很感動，因為我找回了音樂在生命中爆炸的原點，因為我也可以大聲說出自己是聽搖滾樂長大的孩子。縱然小虎隊只是日本流行音樂工業的二手翻版，但那對一個純真無知只聽見音樂的八歲小孩來說，並不重要。

我還不確定要怎麼解讀我的時代，但我似乎想起我是誰了。

2 小虎隊，台灣史上第一個勁歌熱舞的男孩團體，日本團體「少年隊」的翻版。

3 Funk，沿用了節奏藍調中常用的管樂，重心落在 down beat（小節的第一拍），強調節奏，律動強烈的音樂。James Brown 的〈I Feel Good〉是此種音樂的名曲之一。

心牆

所有小孩都戴著白色小圓帽排排站開，我們像一盤跳棋，或是塑膠玩具兵，站在豔陽下對著國旗發呆。老師的演講與蟬鳴攪在一起，聽起來像種蹩腳的催眠咒，陽光是一桶熱水灑在我們身上，帽沿之下的陰影讓所有人看起來心事重重，沒人敢亂動，隨時有人準備昏倒。我在操場上，每一次都希望朝會趕快結束，希望它永遠從我的生命中消失。

是的，我們是Pink Floyd[4]不疾不徐的鼓聲，是〈Another Brick in the Wall〉[5]影片裡的學童，正恍惚地走向生產線盡頭的大鐵槽。

剪指甲、帶手帕、修頭髮、整理抽屜。沒寫功課，打手心，沒帶課本，打手心。凡事雖有例外，但我認為學校基本上可以測量一個人愛上搖滾樂的可能性。

這麼說好了，有誰聽過哪個搖滾樂手喜歡學校的？

打從小學第一天上課開始，就決定我之後的生活將在壓抑與痛苦中度過。我完全是那種電影跟小說裡所說的，剛進學校就吵著要回家的討厭傢伙。我天真地以為上完第一堂課就放學了，等鐘聲響完才明白同樣的狗屎得再重複一整天。

往後的十年，每個月我都會收到一張紙條，上面寫著的名字跟分數，這將持續說服我相信自己是個白癡，而且是很搞不清楚狀況的那種。

我會在清潔時把化學燒杯打碎，只因為老師特別叮嚀我不要打碎它。同學請我用直線條塗滿他的畫作，但我還是忍不住畫了幾條橫線。頒獎典禮時我只在每個掌聲的間隔中拍手，逗翻坐在旁邊的同學。

我很確定，自己會愛上敲桌踹地、轟鳴如雷的搖滾樂，這是注定的。

反拍，反拍，反拍。

有時我的鉛筆盒會被小霸王們搶走，被東傳西丟拋來拋去，當成績優異的漂亮女生跳出來斥罵他們時，我總感到窩囊又感激。當我答不出問題，害得跟我一組的同學沒辦法在遊戲中得勝時，我只好躲到鋼琴底下坐著，連老師都沒發現我不見了。學校是讀書人的天堂，對我而言它是個傷心又脆弱的黑洞，我只有回家躺在床上時才能安心。

這種故事至今仍在每所學校每個班級裡發生，我之所以明瞭是因為我後來（很諷刺地）當了四年兼職的英文老師，教著各個不同年齡的班級，我發現裡頭永遠都有會讀書與不會讀書的小孩，也看見大部分人對待「強權」跟「弱勢」的偏差態度。

十歲弱勢的我，幸好能從當年爆紅的音樂中找到苦悶的出口。

總是幻想海洋的盡頭有另一個世界
總是以為勇敢的水手是真正的男兒
總是一副弱不禁風孬種的樣子
在受人欺負的時候總是聽見水手說

學校的制服剛好是水手服，但我當時大概沒有多做聯想，我只聽得見鄭智化[6]忿忿的歌詞，還有唱出「孬種」的口氣。他的《水手》在我心中划出一道極大的波浪，重重地打在海岸線上，波痕久久不能散去。我不知道要怎麼才能成為真正的男兒，對水手也沒有太多想像，但我的靈魂深處，發現有人明白我的痛苦，甚至天真地以為這首歌是他寫來鼓勵我的。

他說　風雨中　這點痛算什麼
擦乾淚　不要怕　至少我們還有夢
他說　風雨中　這點痛算什麼
擦乾淚　不要問　為什麼

即使很想很想問為什麼，但沒人能回答，不過最終我還是被安慰了。音樂就是如此，看不見摸不著，卻能鑽進人的心底，成為一道不被黑洞曲折的光。

4 Pink Floyd，常用意象歌詞描寫人心變化的英國迷幻搖滾團體，在七〇年代推出了數張極為重要的概念專輯，如《The Dark Side of the Moon》（一九七三）、《The Wall》（一九七九），以及紀念因精神疾病退團的主唱 Syd Barret 的《Wish You Were Here》（一九七五）。

5 〈Another Brick in the Wall〉，收錄於《The Wall》中，歌詞描述一個男孩在學校被羞辱後內心世界的轉變。

6 鄭智化，九〇年代台灣當紅的歌手，小兒麻痺患者，曾寫出許多激勵人心、批判社會的歌曲。

孤獨的輪迴

我坐在地板上，看著午後斜射的光線穿透玻璃，像一座潔白的山丘滑進室內。紐西蘭是台灣的九倍大，但人口卻僅有台灣的七分之一。要不是在光線中有灰塵與棉絮在飄浮，這裡的寧靜會讓我以為地球停止轉動了。

做為一個台灣的國中生，我在學校的表現很差，我的父母認為那是台灣教育的問題，他們相信只要把我送到地球的另一面，我就能重獲新生。但事實上，我的問題跟學制呆板與否沒有關係，而是在於缺乏自覺，欠缺一種在大海中航行該有的責任感。十五歲的我，完全不明白人為什麼要讀書，不知道做為一個學生的重點與責任是什麼，而自己到底做錯了什麼，必須離開熟悉的家鄉，到一個連氣候都顛倒的國家生活。

前途迷茫，語言不通，在新世界的渾沌還未被撥開的此刻，我想的是那群不知何時能再見面的朋友。

我在電玩還未普及前就擁有任天堂、超級任天堂等主機、卡帶，還有一堆鬼打架的漫畫書。我住得離學校近，每天下課鐘一響，一群臭男生就迫不及待混進我家，外人看來是誤入賊窩，內行的則知道我們確實在任遊「天堂」。我們圍成一圈盯著電視搓搖桿，或是懶癱成一團看日本卡通人物甩拳頭。記得當時的級任老師曾經因為我們的享樂主義而感到苦惱，特地在班會時喊話：「你們不能只知道一起玩，也要一起讀書啊。」事實上其他人的成績都能保持在一般水平之上，只有我脫軌的慾望永無節制。

跟朋友混在一起，這是生命中唯一讓我開心的事。

群聚。

枯坐於此，腦中閃過一幕一幕跟朋友們互動的片段，我身邊唯一能讓我紀念台灣的東西就是一台錄音機，還有裡頭那捲大雜燴錄音帶，一卷收錄了好幾個藝人歌曲的精選專輯，俗濫難聽到令人想吐。只要在這樣的音樂與時空裡坐上三十分鐘，誰都會明白為什麼紐西蘭、芬蘭還有冰島是三個青少年自殺率最高的國家。

紐西蘭是個地理位置極為偏遠的國家，它既沒有戰略上的地理價值，也沒有特殊資源或是文化遺跡，更不要說有什麼漫畫或電動玩具，乏味到連石頭都會發瘋。要不是旁邊有澳洲與之較勁的話，它肯定會被世界徹底地遺忘。在紐西蘭除了聽一卷爛錄音帶，喝酒飆車，早點成家生子以外，你最好的辦法是成為一個橄欖球員。

很顯然這些都不是一個重度沉迷電玩的亞洲少年會選擇的選項。

在學校裡，血氣方剛的洋人圍成一圈喧鬧，想盡辦法展現自己肉身的長處，他們手長腳長金髮碧眼，追趕跑跳之餘扯開嗓門大笑尖叫，有如在空中狂歡的精靈。對於一個心事重重、壓抑低迷的異鄉人而言，他們的歡快無疑是一種諷刺，我也曾擁有那樣炙熱的濃情，我也有一群在電子空間裡衝撞的好兄弟，但他們活在世界的另一端，再也不會出現了。當我無法消化異國的狂亂與原鄉的憂愁時，我會獨自坐在廁所的隔間裡，聽便斗抽水的聲音，盯著塑膠門板發呆。我這才發現半張榻榻米大小的空間其實可以比草原寬廣，眼前這扇帶鎖的門，實際上是一道自由的門。

深陷極度的孤獨之中，我壓根兒沒想到宇宙已聽見我的願望。地底即將迸發岩漿，噴射成無止境的聚會、夜晚與酒精覆蓋整片大地。而最令人意外的是，當群聚的慾望被滿足之後，我卻因它的色澤過度濃豔而感到無比疲乏，夾雜在人群中感官麻痹的我居然希望自己能夠回到那個枯燥、孤寂的下午。

撞車

捷安特、速可達、速霸陸，我知道這是一個熱愛速度的世界，尤其是一個雄性與汽車相戀的世界。公里數、溫度、扭力、轉速、馬力、氣缸數、零到一百，一台車不只是一台車，所有它內在的數字其實都是感情的密碼。

在這個男人愛上鋼鐵的世界中，我恐怕是投錯胎了。

關於車子，我戀舊到不行，特別喜歡老車，最好是一九八〇以前的款式。基本上我不要求性能，只要它有硬邦邦的線條，手動窗戶搖桿，還有像大拇指一樣的中控鎖就好。會開車的人都說車要開得好就得贏過車子，不能怕它。新車的油門太過靈敏，電子儀表板太潮。以我這種體能不卓越、手腳不協調的雄性來說，與效能慢一拍的老車對抗會比較有勝算。

雖然我總是想盡辦法占車子便宜，但早在第一次跟它接觸時，它就擺明地說了。

「你搞不定我的。」

我第一次被車撞飛（幸好也是唯一一次），是在學校附近的一個山坡路上，那時我看見幾個一同在教會鬼混的狐黨在馬路對面走著，便不顧左右地奔去。我腳才剛踏上馬路，便聽見唧一聲長音，砰一聲大響，此後的三秒，整個世界都被壓縮了，我第一次領會到何謂速度的線條，還有為什麼日本卡通人物跳躍後會在半空中停留那麼久。落地後，我的聽覺跟視覺立刻從駭客任務的慢速播放轉回正常頻率，側身抵著馬路極快地滑行，發出一長條粗糙的摩擦聲響。

我站了起來，發現墊在自己身下的書包看起來像片被擠扁的吐司，幸虧有它，我只在手肘上有點擦傷。三公尺遠處，有一台紅色轎車，駕駛的老婦人很慌地下車詢問我的傷勢。一時間我不確定該怎麼用英文應對，只能望著站在人行道上的兩位狐友，他們都被這場車禍嚇傻了。

「欸，我沒有把她的車弄壞吧？」

一個被車撞飛的人，反而問了這樣的問題，兩位狐友當場笑歪了。

在紐西蘭，地大人少車便宜，十六歲便可駕車。我硬是拗家人給我買了一台二手白車。青春無敵，我早忘了自己被車撞飛的警告，也不明白自己有多少能耐（駕照考了四次才過），就想跟其他人一樣開車亂跑。某次雨天，在準備去學校考試的路上，一沒注意便把車給撞了，右側車燈全毀，車頭看起來像是一張戰敗拳擊手的臉，眼睛給打得歪斜。回到家裡給老媽一看便罵，說我不適合開車，兩天後就把車給賣了。不過我莫名的車夢還沒滅盡，一次跟朋友借車來開，頂著大雨，在同一條路上，又把車給撞了。

不論是煞車不及撞頭，或是倒車死角撞尾，又或是側身攔腰一撞，撞車的聲音總是聽起來一樣，又短又悶。這與我的想像非常不同，我認為鋼鐵碰撞之聲應該是像打鐵，叮噹響，但實際上撞車的聲音聽起來非常乾癟，空洞得像是被拆穿的廉價魔術道具一樣尷尬，不過這尷尬隨即就會被滿滿的苦澀與懊惱填滿。

這次被老媽狠狠地訓斥之後，多少學到了教訓，我有好一段時間不再碰車。一天她看我似乎把尾巴夾緊了，便讓我試著開車與朋友出去兜兜。那次又是雨天，還在山路，我們一群人在車上七嘴八舌地討論輪胎打滑時要踩煞車與否的問題。誰知這竟像是在預言一般，話才剛說完，車子輪胎就失去了控制，它不斷打滑，整台車快速地往右邊的岩壁滑去，要能撞向山壁也就罷了，至少車能停下來，但忽然輪胎又急往左滑，帶我們朝著沒有護欄的山路邊衝去，而這底下就是懸崖。

也許是輪胎的凹槽被磨得太淺，抓地力不夠，或是天曉得什麼原因造成打滑，眼看我們一車五命就要踏上旅途的終點，這時整台車忽然轉了一個九十度大彎，不偏不倚地停在整段柏油路旁唯一的一塊草皮上，好像它本來就打算停在這裡似的。

時至此刻，我已明白，不論是一張輕薄的紙，或是精密的組裝物如電腦，它們雖然不會呼吸，卻跟我們一樣擁有個性與命運。即使冷酷如鋼鐵之車，它也一樣需要愛情，需要關懷與照顧，一旦能獲得我們的眼神垂憐，就算是一張紙屑都能獲得靈魂。但如果我們不聞不問，哪怕是一顆鑽石，也會提早毀滅。

我想，在這個雄性與汽車相戀的世界中，我實在不是一個好情人，但鋼鐵慈悲，在那段曲折的山路上，它還是再給了我一次愛它的機會。

電動玩具

我再次見到超級任天堂，已經是十幾年後的事了。

在眾多紅極一時的日本漫畫簇擁之下，那天我見到它躺在朋友的書櫃裡，百科全書大小，灰色塑膠機身，同樣灰色的控制器上配著紅黃藍綠的按鈕，一台完好如初的超級任天堂。在它所有的配件之中，最觸動我回憶的居然是那兩條不起眼的電源與AV線，我花了很多時間才記下那紅黃白線在電視上的正確插孔，每每一聽見老爸回家的腳步聲，就得心驚膽跳地把它們扯下，將之與機身、卡帶亂纏一氣丟回抽屜裡。

我把這已退位多年的電玩帝王捧在手上，就像電腦在讀取遊戲記錄一樣，頓時，那種把電線接上機身，電源咬進插座的手感與畫面，在我的神經裡被喚醒了。AV線與導線、電源與電源、電吉他與電動玩具、音箱與電視，所有東西都像穿越時空地串在一起，閃閃發光。在此之前，我時常懷疑那個曾經著迷於電玩的自己到底去了哪裡，現在我終於明白，所有發生過的事情都不曾消失，它們只是換了一個面貌，躲在同樣的細節裡，像個神秘的暗號。

做夢也沒想到，才不過十幾年的時間，日本制霸的遊戲業已被歐美瓜分大半市場，曾經需要大費周章鋪線接電裝卡帶的大遊戲，如今已不如握在手中滑手指的小遊戲受男女老少歡迎。

做為一個中途脫隊的電玩御宅族，我非常明白電玩的迷人之處。第一在於它的「可控制性」，上下左右跑跳撞，它能夠如實呈現操作者的每一項指令，比訓練有素的忠犬還聽話。第二它具有「規則性」，黑白分明，勝負明瞭，當操作者犯錯時會得到明確的警告，成功時則會有歡愉的音效助興。第三則是它給予操作者的「成就感」，當操作者看見成群的糖果在輕巧的碰撞中融開，看見宿命的對手躺在地上奄奄一息，無疑會得到一種療癒的心情。最後，大多數遊戲都擁有「劇情」，當操作者在進行遊戲時，可以得到一種類似看電影、小說的移情作用，能夠使自己脫離真實身分，變換成遊戲世界中的冒險角色，譜寫一段精彩的傳說。

若要檢視我的電玩資歷，我一定會被歸類成一個格鬥遊戲迷。確實，我的電玩生涯大概有三分之二的時間都在用著火的拳頭去揍人，在半空中轟射雷光。但真正令我難以忘懷的，其實是一款角色扮演遊戲，一個中世紀背景的勇者降魔冒險故事。

所謂的角色扮演遊戲（Role Play Game），就是聲光效果少，行動快感弱，劇情理解偏重的遊戲。遊戲畫面大都是一個小人在森林、城堡或原野間遊蕩，與怪獸決鬥時則像在下棋，採取冷靜思考的回合制。我會愛上這個畫面顆粒粗到爆炸，遊戲節奏緩慢、故事全用日文進行的遊戲，全是因為我可以幫遊戲角色「取名字」。

故事從一個城堡裡頭開始，我幫還在襁褓中的主角取名為「阿阿阿阿阿」，當我看見遊戲對話中不斷出現「阿阿阿阿阿」時我簡直樂壞了，這對年幼的我來說是一種很前衛的占有行為，一旦幫東西取了名字，它就歸我所有，這個主角的故事與命運也就成了我的故事與命運。

當然，光憑這樣的趣味撐不了多久，即使我占有了他人的故事與身分，但在這個日文世界裡，語言不通，故事就無法進行，而我總不能一直重複幫主角取名字吧。為了解決多數玩家不諳日語的問題，有出版社為這個遊戲出了一本黑色書封的攻略本，像教科書一樣厚，裡頭記載著所有怪獸的名稱與介紹、世界地圖、迷宮地圖，還有所有角色與整個遊戲的背景故事。我整天抱著這本攻略本，當成自己的小孩一樣沒日沒夜地照顧，左翻右看，到最後書封被我磨出一個大洞，書頁脫落，現在想起來，整本書還真有幾分中世紀的味道。

長大、面對親人的死亡、面臨婚姻的抉擇、成為家長，在這個虛擬世界裡我幾乎過完了一生，嘗到下重大決定時的煩惱與苦澀（當然你可以做兩個記錄，後悔的時候再從決定點開始）。當我帶著家人與冒險途中結識的夥伴闖入魔界，在漆黑酷熱的火焰山谷間與魔物廝殺，最後終於擊敗殺父仇人的大魔王，看見牠的屍體化為飛塵飄向天空時，我得到有生以來第一次使命完成後的失落感。

這故事，終究是跟別人借來的，如今勇者擊敗魔王，故事也得物歸原主了。

一直到我真的長大才明白，這塊大波露巧克力大小的遊戲卡帶，實際上是生命的壓縮。經驗累積、尋找夥伴、磨練技能，這些是生命與遊戲共有的過程，但遊戲中的勇者從一開始便知道自己的宿命，擊敗魔王是他唯一的任務。但在真實世界的我們所擁有的自由與選擇無可限量，有時這一切龐大到令人懼怕。

電玩迷總愛討論電玩的自由性，研究在各款遊戲中主角可以如何活動，做出什麼樣的動作。但人們迷戀電玩的最後一個理由，並不是因為它的自由，反而是它的不自由。勇者之所以勇敢，那是因為他有一個能發揮自己勇氣的目標，他做的所有事情都只為了一個理由，也永遠只有一個理由。但在真實人生中，我們的地圖更大，迷宮更多，我們可以幫所有東西命名，可以問任何人問題，可以打開、敲碎或珍惜每一樣東西，我們可以有一萬種目標，可以有一萬個理由，但這看似無限的選擇，其實是一道枷鎖，只有當我們懂得限制自己的時候，才能夠獲得真正的勇氣與自由。

不過在那之前，電玩至少可以安慰我們。

鼓聲

之一

人不只跟人，也跟石頭、車子，或一把吉他有緣。本來我要學吉他，但我新買的琴在上了一次課之後就被人拐走。那人是個悲慘的混蛋，一天他跟身邊的朋友借了一票東西後，就無聲無息消失，至今仍沒有半點消息。當時吉他課著實沉悶，那些沒頭沒腦的和弦與形狀讓人頭暈，我喜歡鑽牛角尖，不喜歡死記和弦的指法跟名字，那感覺像在學校背書。也許基於這種厭惡的情緒，冥冥之中我讓吉他跟著別人走了。

相較之下，學鼓的契機要充足許多。在紐西蘭生活時，我早期住在基督教家庭，每個星期日都得去教堂，裡面不乏像我一樣不甘願信仰的年輕人。我們開始在教堂外頭鬼混，偶爾趁大人不在時去彼此家中留宿。那時正是日本視覺系搖滾的鼎盛時期。我們很年輕，不知英美早有大做造型的藝人，如 David Bowie[7] 或 KISS[8]。當我們第一次見到染髮化妝，奇裝異服的 X JAPAN[9] 時嚇壞了，碩大的舞台、螢光的吉他、赤裸的胸膛以及透明的鼓組，觀看他們演唱會的錄影帶簡直是一種精神創傷，兩個小時過去後，X JAPAN 立刻成為我們所有人最愛的樂團。

X JAPAN 的擁護者大概可分成兩派人馬，一是迷戀鼓手，再來是崇拜主奏吉他手。前者身為團長，編寫該樂團絕大多數的曲目，能夠操演數種樂器，才華非凡。後者為樂團的靈魂人物，造型猖狂搶眼，頗具邪氣，用極快的速度彈著一把黃色吉他——琴身上布滿紅色的愛心圖案。我雖然傾心陰陽怪氣的吉他手 HIDE[10]（身為音樂超人的鼓手太高調了），但基於緣分，我還是跟鼓搭上了。

大多數的教堂都有詩歌樂團。當他們在禮堂練習時，我會遠遠觀看。那是我頭一次近距離接觸樂團（十公尺遠），第一次見識到何謂「現場」。我看見有人拿著吉他，有人彈貝斯，有人彈鋼琴，但我分不清每種樂器究竟發出了什麼聲音，只聽得見層次分明、宏亮的鼓聲，又或者說其實我不是聽見鼓聲，而是看見那位鼓手已透過長時間的練習，將自己對音樂的熱誠（他跟我們一樣喜歡 X JAPAN）昇華成實質的能量與形象。那樣的氣質在我體內生成一股欣羨之情，我多麼希望自己也能像他一樣得到光明，帥氣地在台上揮舞鼓棒。

樂器行在一條大路上，孤零零地落在路邊，四周除了一家電話公司大樓之外，什麼都沒有。我走進店家，被帶到後方的教室之中。裡頭很暗，只有幾道陽光從百葉窗的縫隙中滑射進來。教室的正中央擺著一套黑色的鼓組，還有一位坐在其中的老師。此時，不像在教堂，我跟這套樂器只相隔一隻手臂的距離，在老師拿起鼓棒開始動作的同時，我聽見沉沉的低音從地面彈起，化成一股嵌入心臟的波動。鼓聲很粗野，像台挖土機一樣，把我從裡到外翻動了一遍，我說不清它是吵鬧還是悅耳，但總之，我無法忽略它驚人的音量。

鼓沒有和弦，沒有音符名稱，所有的聲音都只是一種暗示。我耐不住性子練習，但喜歡胡敲，多半時間把它當成一種震心刺耳的娛樂在享受。玩了兩年，偶爾跟人套團練歌，還做過一次表演，但我始終不曾覺得自己散發出當初那位鼓手身上的光明。

在這之後，我又回頭彈起吉他，而這次我發現它接上喇叭後，能發出帶電的雷聲。在這樣的噪音之中，我找到了新的刺激，並且開始有一搭沒一搭地寫歌。初期，我偶爾還是會回頭打鼓，但等回到台灣之後，礙於島國空間狹小，就極少碰鼓了。

之二

一天我與拿乙上山，與一群南非籍的英文老師約在新竹的山頂一起打手鼓。我多年未曾碰鼓，只打算湊合瞎鬧。那時我常彈吉他，對音樂的注意力多半放在樂理跟寫歌的事情上面。那天到山頂時天已全黑，除了前來擊鼓的老師之外沒有路人，我們放寬坐成一圈，幻想圓中燃著一把熊熊營火。

也許是我們的陣型，或是場地的關係（在一座涼亭內），當鼓聲響起時，它竟變成了一圈漩渦，像是遊樂園裡的旋轉木馬一樣，一圈又一圈地繞著。我突然感覺這些鼓聲其實是一種拉力，像是海浪或是人體內一來一往的氣息，這股力量有時能長達數分鐘，短則十幾秒，全憑演奏者互相配合的狀況而定。我感到無比驚奇，這沒有事先彩排、全然即興的鼓聲，雖然稱不上完美無瑕，卻比我在練團室裡處心積慮設計的音樂，多了一種莫名的活力與自然。

那晚之後，我開始對樂理有了新的想像。一般來說，樂理指的是旋律樂器的內功，裡頭有不少細節可以鑽研，像是調性的選擇、延伸音、轉調的方法等等。相較之下，擊鼓需要的是一種手腳協調性的練習，在那之中似乎沒有太多理論需要思考，但當我坐在鼓聲的漩渦中時，才發現自己錯了。鼓當然也有理論，它比樂理更抽象，那是一種難以言喻的原始與自然，得試著透過身體去感受，避免用過度的理智去束縛它。一旦掌握那種自由的情感，不需精心安排，和諧自然產生。

我不否認靈性啟發存在於萬物之中，而我只是碰巧在黑暗中聽見了鼓聲。那天下山之後，所有我耳中的旋律都變成了撞擊，我突然明瞭世間的一切聲響其實都是一種，一種來自由無數摩擦的時間所構成的打擊樂。

7 David Bowie，華麗搖滾的重要人物，七〇年代他自稱 Ziggy Stardust，以奇裝異服、雌雄同體之姿登台，震驚英美樂壇。

8 KISS，以噴火、吐血、誇張的現場演出與黑白相間的臉部彩繪聞名，曾一度入圍搖滾名人堂，但於二〇〇九年落選。

9 X JAPAN，以獨立製作獲得極大成功。其為視覺系搖滾的始祖之一，該文化常與西洋的華麗搖滾相提並論。

10 松本秀人（一九六四—一九九八），藝名 HIDE，因舞台造型多變，音樂風格創新，而被年輕人奉為挑戰傳統價值的人物。關於他的死亡，《The Japan Times》稱之為「一顆日本金屬革新之星的殞落」。

電音

電音掰掰，我一直都是這樣想的。

一座弧型鐵製大橋越過大海。朋友開車，我們從低處奔往高點，看著燈火通明的城市像一本書被翻開，以及映著月光的黑色海洋。我跟朋友常常整夜醒著，一遍又一遍地往返這座跨海大橋，喝酒、跑趴、四處兜風。我們是宋岳庭[11]口中的「老師不喜歡我，我也不喜歡老師」的那種學生，沒辦法在學校與社會中找到認同，但不同的是，他把生命投入了他熱愛的舞蹈與嘻哈，留下一片demo後殘酷地死去，而我們則是，殘酷地活著，像塊故障的電子看板。

星期五晚上我們大都會經過皇后街。那是奧克蘭市的心臟，白天營業的銀行與大型書店還有百貨公司這時都關了。周末夜晚是奇型秀的時間，先是巷弄裡沉睡的店家開了大門，變成一間間躁動的酒吧，它們裝潢新潮，有的塞著樂團、撞球桌或飛鏢台。路上的行人從西裝筆挺的上班族變成立著扇子頭的龐克，髮色紅綠藍粉不一，路邊有架著鍵盤的R&B歌手自彈自唱，醉醺醺的路人打量穿著短裙的辣妹，偶有酒醉的人粗聲辱罵或是揮拳鬥毆。

人行道之外的馬路中央，車潮更是經典。紐西蘭是工黨執政，人民頗有身體力行的精神，這邊不流行花大錢買現成好車，而是蒐羅舊車再把它改成四個輪子的科學怪人。厚皮胎、鐵輪框、引擎蓋上再挖個洞放入煙囪排氣，除了這些關乎性能或造型的改造之外，最受歡迎的，就是改裝車內音響。那時剛好是電音崛起、夜店興盛的年代，在新穎刺激的電子音效與改車熱潮的催化下，皇后街上的怪車炫車都搖下車窗，好讓重低音像賣肉豔星的豪乳一樣，一球一球地從喇叭內不停滾出。

如同音樂祭之於搖滾樂，電音也有它的專屬場合。歪七扭八的雷射，男男女女穿著最流行的服飾，在轟鳴的低頻音場中手舞足蹈。朋友間多好夜店此道，但我倒是常常擔心自己在重複轟炸的音場中會聽覺疲乏。在當時我具備了有利的環境與條件，第一，可以晚歸，第二，肉體正年輕，第三，周遭朋友全都在聽電音。在這樣的狀況下，從小熱愛音樂的我，理當成為一名電音模範生，不過，我卻失敗了。電音像是一件尺寸不合的上衣，我穿得不舒服，別人看了也覺得彆扭。

很諷刺地，我竟選擇在電音風行的年代學鼓，腳踩低音，手砸高頻，愛上有機樂器真實的音色。Band sound[12]從此變成魔咒一枚，我無可救藥地成為「真人演奏音符」的信徒。那些用電腦編輯的冷冰音色對我來說是一種毒藥。又經常覺得電子音樂缺乏有個性的歌聲，且橋段變化容易掌握，沒有驚喜。有一段日子，我甚至害怕聽太多電音會失去創意，或是降低掌握節奏的能力。

如今三十已過，時間多少削去了我妄想的枝枒，年少種種的作繭自縛像是一道不真實的輕煙。

一晚我在家觀看吉他大師 Robben Ford[13]的教學影片，他說吉他其實也是一種節奏樂器，在電吉他與擴大器發明前，它的功能其實跟鼓或貝斯一樣，常在編曲中做為陪襯。而它身為節奏樂器，樂句必須穩定，因為穩定的音樂，才能讓聽眾知道自己在哪，下一段又會往哪裡去，最後放心融入音樂之中。花了一輩子在音樂裡生活的大師用深入淺出的觀點，一語打開了我心中的癥結。

年輕時自以為學了兩年鼓，就比周遭的朋友更懂音樂，於是拒絕臣服於當時大為風行的電子舞曲，因為融入等同投降。我對真鼓的愛，縮短了我的視野，我對電子節拍的恨，某個程度反映了我對生活的痛恨，因為我不懂得該如何「呆板」地面對生活。

事實上，音色也許有所謂的真假，但音樂本身是真的，創作者的苦心是相同的，只是他們選擇呈現的方式不同。電音也好，搖滾也罷，沒有哪一種音樂能夠變化無窮，一旦聽久了，所有音樂都一樣老實，每一個創作者其實都在重複自己，重複歷史，讓事情發生在意料之中，好讓人感到熟悉與親切。

現在，我開始研究合成器、採樣機，聽著電團Animal Collective[14]令人驚豔的編曲，並開始留心不同樂團所選擇的電子音色。雖然我還是比較喜歡有人味的電音，但至少我不再介意讓音樂或生活呆板一點，甚至有點喜歡那樣的感覺。

11 宋岳庭（一九七八—二〇〇二），台灣饒舌音樂創作者，被譽為無師自通的音樂天才，因骨癌病逝。最具代表性的作品為〈Life's a Struggle〉。

12 樂手合奏的音場。

13 Robben Ford，曾與 Miles Davis、Joni Mitchell、George Harrison 以及 KISS 合作。被《MUSICIAN》雜誌譽為二十世紀最偉大的吉他手之一。

14 Animal Collective，紐約的實驗性迷幻樂團，用民謠吉他、合成器、鼓與日常用品完成了第一張專輯《Spirit They're Gone, Spirit They've Vanished》，獨立製作。

Kenji

「一直只做自己的事情，會很辛苦喔。」Kenji 對我說。

我跟他不怎麼熟，只在餐廳裡見過幾次面，但偶爾我還是會想起這個人。

跟 Kenji 相處的時間雖短，但很具有啟發性，這段回憶會讓我想起國中時第一次在童軍課唱歌，同學們給我的熱烈掌聲；或是高中時同班的日本女生在聽完我唱歌後，很慎重地說我應該要成為一個歌手。

大學時透過朋友介紹，到一間日式鐵板燒餐廳工作。那是一間非傳統的鐵板燒餐廳，廚師除了得在現場為客人烹調外，還得負責表演。每個廚師都配有一組長條型的胡椒罐跟鹽罐，在煮菜時得像花式調酒一樣把罐子拋來拋去。Kenji 是裡頭的主廚，他是我這輩子第一個主管。我到廚房報到時餐廳還沒開門，他站在走廊上，個子不高，頭髮染成咖啡色，身穿深藍色的制服。餐廳裡因為缺廚師，顧店的女經理一直要求 Kenji 讓我到鐵板前炒菜，但他堅持這樣步驟太快了，我沒辦法把事情學好。Kenji 的年紀看起來頂多三十，但態度卻像個日本老師傅。

「這可不是什麼簡單的工作喔。」他把拖把從我手中接過來，要我仔細看他拖地的方法。我看不出來我跟他的拖法有何不同，只能拖地時盡量多刷幾次。站在水槽前，Kenji 跟我說，洗米時要左洗五十圈再右洗五十圈，雖然剛開始有點不甘願，但當我把手伸進木桶裡洗米時，心裡是越洗越感到踏實。

不到一個星期，Kenji 竟要走了，原來這是他在餐廳工作的最後一個禮拜。「時間很短，沒辦法多教你什麼，好好保重。」他在臨走前對我這麼說，我不記得自己回了他什麼，但心裡多半捨不得。隔天新的主廚來了，是一個高大的馬來西亞華人，愛說一些不正經的笑話。沒有人教我雜耍，我也不知道該怎麼學，新來的主廚只叫我洗米不要洗那麼多次，拖地不要拖那麼久。沒兩天，我就被他派去外場烹調。那是晚餐時段，整間店最忙的時刻，每張餐桌都塞滿了客人，我拉著食材與器具的拖車走向鐵板時，腦袋一片空白，這是我第一次靠表演賺錢，但卻完全不知道自己該做什麼。站在火熱的鐵板前，我反而覺得自己是將被料理的牛排，心中充滿害怕失敗的恐懼，滋——紅肉上桌，我埋頭炒菜，沒有雜耍便離開。

新的主廚發現客人沒有抱怨我的表現，便要我再炒一桌。在外場瞎攪和了幾天，我也習慣了，我自知是餐廳裡的地雷，一位只會煮菜不會雜耍的廚師，但我從來沒被其他員工或主廚，甚至是客人教訓過。

一天 Kenji 路過餐廳，進來看看大家。他穿便服的樣子看起來很輕鬆，不像當廚師時那麼嚴肅。我跟他沒有太多共同的回憶，不知道要說些什麼，只能擠在人群中傻笑。Kenji 後來見到我炒菜的蹩腳樣子，他大概覺得很荒唐，或者他八成看見我腦袋裡打著死結。「一直只做自己的事情，會很辛苦喔。」Kenji 說這句話的時候，臉上的表情複雜又無奈。

「但，那也沒什麼不好。」最後他邊說邊笑了。

Kenji 帶了一張ＣＤ來放給大家聽，那是他寫的歌，他打算回去日本錄製專輯。我記得我並不特別喜歡那首歌，但還是感到震驚，因為那時「錄一張專輯」對我來說，就像去另一個星球探險一樣不可思議。「不管到哪裡，都要堅持下去。」這是我唯一記得的一段歌詞。現在回想起來，要是當時 Kenji 能留下來，我是不是也能成為一個稱職的鐵板燒廚師？也許他還能教我怎麼彈吉他，甚至教我寫歌。

K Road

這是一間位於風化區的酒吧。它在地下室裡，空氣很悶，像是有人拿著衛生紙塞住你的鼻孔。我坐在舞台的最後方，躲在一套鼓組之中，另外三人站在台前，現場大概將近有七十名觀眾。我們的第一次在台上被這麼多人凝視，整個人像塊被燒紅的鐵條，心慌但不得不用狂傲包裝自己的表情。時間已到，我敲了四聲銅鈸，樂聲像個破爛的鬼魂蹦了出來。

我們的第一首歌是聖鬥士星矢的同名主題曲，它具備九〇年代日本卡通歌的特質，熱，熱，熱。所有人都滿頭大汗，但我們不介意讓溫度再高一點，這是我們的處女秀，認識的朋友幾乎都來了，我們在台上亂炸，假裝自己是一團煙火。

三個月前，狐狸帶著博士來我家，邀我一起組樂團。在身邊的朋友裡，狐狸是那種特別時髦、對事情很有主見而且講究品味的人，他知道自己要穿什麼衣服，也知道最流行的音樂。博士是他的學弟，一個笑嘻嘻的年輕人，每次練團都帶著吉他硬盒出門。狐狸打算彈貝斯，我打鼓。除了博士以外，我們還找到吉他手金寶。金寶住在南邊，講話跟反應很快，快得像他彈吉他的手指一樣。

我們開始一個星期練一次團，練一些當時在台灣很受歡迎的歌，例如日系的Luna Sea[15]（日劇正夯）或是美系的Guns N' Roses[16]。偶爾博士會帶他的同學一起加入團練，一下子練團室裡塞滿很多人，沒頭沒腦一起胡鬧。

一天，博士說有朋友的樂團正在錄音，打算回台灣出唱片，他們準備要在K Road辦一場活動，想找幾個團合演。我們沒料到自己居然有機會表演，但也懷疑只唱口水歌也能上場嗎？後來，我們跟對方通了電話，他們的團長來了我家一趟。團長是個日系咖，也是我第一次遇見會用吉他作曲的人。當他坐上窗台唱起自己的創作時，我感覺好像聽見了一種遠古的巫術。那樣的震驚與音樂悅耳與否無關，而是因為我從未看過一個人彈奏一首專屬於自己的音樂，完全沒辦法理解或想像這樣的事情是如何發生的。他到底如何把一首歌寫了出來？我帶著狐疑，與其他團員在巫師面前試演了一次，沒想到沒有法力的我們一下子便獲得他的認可。

對於即將擁有自己的舞台，我們都感到興奮至極。殊不知舞台是個試煉，能讓人成為焦點，也能讓人放大自我，它像蜘蛛在夜裡展開身體，在世界熟睡時織出一片陷阱。

或者應該說，我的自我。

我雖然打鼓，但一直認為自己應該要唱歌。當時我們的樂團主唱是由博士擔任，日文歌他唱得很好，但有幾首英文歌的高音卻唱不上去，我心裡一直不是滋味。因為沒辦法唱出原曲的音高，所以我對博士擔任主唱一職感到不甚滿意，這聽起來像是個正當的理由，但實際上，我無非是認為我可以做得比博士好，那些所謂的理由，不過是嫉妒的藉口罷了。

之後，我們照表練團，期盼表演的時刻到來。而我坐在椅子上，漸漸變成一隻嫉妒的惡鬼，腳下碰碰踩著沉悶的大鼓。

表演當晚，天已全黑，我們站在城市的邊緣，K Road 是一條被酒吧與情色工作者包圍的老街。我們在入口招呼每個認識的朋友，那種感覺特別新鮮，因為身邊沒有人辦過這種開放的派對，我們第一次感覺自己像個主人，跟來自四面八方的朋友噓寒問暖。每個人都打扮得非常漂亮，尤其是女生，她們一化了妝就有魔法，能從瞳孔射出光線。

表演開場前，我硬是上前亂說了幾句開場詞，事後朋友都笑我在耍酷。想想那是我唯一能站在台前的機會，我當然要酷。每個人對表演都有所期待，金寶希望能把 solo 彈得很精準，博士跟狐狸都盛裝上台，我則一直想著那幾句旋律，那些我能唱卻沒機會唱上去的高音。

一旦嘗過現場表演的滋味，便會渴望更多。從那次表演結束後，我開始一心只想當主唱，結果我的自我被那樣的渴望養得越來越肥胖，而鼓椅太過脆弱，撐不住那麼笨重的慾望。幾天後我打了一通電話給博士，跟他解釋我的想法，希望他能卸下主唱一職。這實在不像我平常會幹的事，只能說希望受人注目的渴望確實讓我著了魔。

主唱換人的要求，博士同意了，他還說他可以試著打鼓，儘管他根本沒有任何經驗。關於此事，狐狸沒有意見，「就當作他是天才囉」，他一派輕鬆地說出這樣的話。倒是我，一方面想當主唱，但又懷疑博士打鼓的可能性，這也不行那也不行，始終活在否定的恐懼中。我沒有正面回絕博士的提議，但也不看好這樣的變動，於是我繼續打鼓，讓博士繼續唱歌，但一心想找到新的鼓手。

不過遺憾的是，我們再也沒有新的表演機會，也不懂活動其實可以靠自己安排。大家的心中（或是只有我）各懷鬼胎，沒過多久，狐狸跟金寶開始意見不合，我們這輩子的第一個樂團，就這樣七零八落地結束了。

現在回頭想想，就算博士當時說他想演奏的是手風琴，又有何妨？我可以繼續打鼓，博士也可以一直唱歌，我們可以一起創作，寫適合自己的音樂，而不用非得要唱好那些刁鑽的歌。那時的我，把音樂想得過於複雜，花了太多精神與不必要的觀念，把音樂塑造成一座殘酷的神像，訂下嚴厲的神旨，考驗並粉碎自己虔誠的心。

後來，博士自己又組了一個樂團，創作出很多很好聽的歌，還入圍了一場樂團比賽的決選，那是一場在紐西蘭非常重要的比賽，而博士最後獲得很好的名次。事隔多年，我的表演經驗還停留在當初 K Road 的活動上，如今我明白，他不但是一個很優秀的創作者與主唱，也比我更知道生活與自由是什麼。

15 Luna Sea，視覺系搖滾的重要樂團之一。首張專輯由 X JAPAN 的獨立廠牌 Extasy Records 製作。

16 Guns N' Roses，以刺青、皮褲、鬥毆鬧事聞名，曾被媒體稱為「世界上最危險的樂團」，於二〇一二年成為搖滾名人堂的一員。

組個團

十五、六歲，對多數亞洲學子來說，這是個得應付入學考試的年紀，但對西方的搖滾巨頭來說，這正是他們在院子打滾，或在地下室練團，甚至開始對外表演的年紀。而令人欣羨的是，他們多半有個會彈琴的叔叔，懂得合音的阿姨，會吹薩克斯風的舅舅，或是在他們生日時，收到了一把吉他當作禮物。

嚴格算來，我從二十五歲開始卯起來玩團，慢了人家整整十年，大多數搖滾客在二十五歲時早已嶄露頭角，成為時代的指標（甚至再過兩年後就會離奇死亡）。而我沒有超人的技巧，歌也沒寫出幾首，並且即將喪失參加 27 Club[17] 的資格，倒也有勇氣湊這熱鬧。前人諄諄教誨，知識就是力量，但從我的例子看來，無知反而是力量了。二〇〇六年我剛從紐西蘭回來，渾然不知年月，也完全不認為自己站在被搖滾樂淘汰的邊緣

（其實是根本不知道）。我就像個剛學會走路的新生兒，天真得近乎愚蠢，心中永遠只想著一件事情，那就是組個樂團。

這時隸屬九〇年代的美國搖滾英雄 Kurt Cobain[18] 與 Jeff Buckley[19] 已離世多年，在千禧初期活躍的 Numetal[20] 樂團，如 Limp Bizkit 與 Rage Against The Machine[21] 也相繼解散，美國主流搖滾頗有斷了香火的徵兆。相對在歐洲，大英樂團如 Oasis[22] 或 Radiohead[23] 在市場上叫好又叫座，英國佬個個溫文儒雅或是憂鬱，跟美式硬漢風格大相逕庭。彷彿六〇年代的 British Invasion[24]，搖滾主權又悄悄地飄到海洋的另一頭。雖說如此，愣頭愣腦的我卻沒發現風向已轉，沒發現搖滾正在轉化為一種偏向文靜，或是後來所謂「花草」的年代。

我還聽不見音樂之中的意識形態，或察覺它們的發展脈絡或內涵，我只是聽，一個人靜靜地聽。

我想玩 Nu metal，但不夠街頭，也不懂得假裝。那時我正在進行一場自我與市場的抗爭，極少購物，更不屑梳妝打扮自己。一個樂手顧音樂也得顧形象，表面工夫也是種工夫，這個道理我要到好幾年後才會明白，總之欠缺街頭元素的我，剛開始在台北組團的過程並不順利，接二連三面試了幾個樂團，最後都不了了之。

Nu metal 玩不成，我退而求其次，加入了一個金屬樂團，專唱 Hatebreed，還有其他以嘶吼為主的激進音樂。在當時，歌唱中的嘶吼技巧還不像現在廣為人知，我沒有鑽研過嘶吼，只單純認為如果有人可以辦到，我也可以。那些主唱的歌聲在CD上聽起來渾厚又有個性，每首歌一吼就是五、六分鐘，力道絲毫不減。我試著揣摩他們的音質還有口氣，每次練團都搞得自己滿頭大汗，好幾次還把嘴巴咬破，吐出鮮血，把大家都嚇了一跳。

就這樣胡鬧了一段日子。有天我在洗澡，想在浴室裡隨性哼兩句旋律，這才發現自己居然連兒歌都唱得有點勉強。我開始感到害怕，並且急著想弄清楚，自己的喉嚨到底哪裡出錯了，忽然我想到「發聲」這兩個字。當下我立刻覺得應該要找一位老師教我基礎的發聲方法，卻不知其實這樣的練習與嘶吼毫無關聯。我當時一無所知，只希望有人能治好我的聲音。

我找過幾位聲樂老師，但他們都住得遠並且學費昂貴，上課時又多半在唱伴唱帶，沒去幾次便放棄了。後來在朋友的建議下，我開始試著在BBS或是PTT上面發文，想請聲樂系的學生幫我上課，一來大家年紀相仿，比較容易溝通，再來學生指導，收費比較便宜。沒想到，這件事成為我玩團過程中津津樂道的趣事。

如果你想在一天之內得到十個女生（以上）的聯絡方式，那上網說自己要學聲樂就對了。我在電腦前眼睛看得發痠，花了幾天時間才跟所有人聊完，問了幾個不著邊際的問題（有關嘶吼的），最後，我決定把謝菜的聯絡方式留下。

其實謝菜並不想成為我的「老師」，也不準備跟我收費，她只要求找個機會出來唱歌，再看看我的問題是什麼。後來我跟謝菜的約定很鬆散，從頭到尾只出來上課一次，之後只是零零散散地聯絡。

在辭去金屬主唱一職後，我的聲音也漸漸復元，便不再執著於要找出「正確」的發聲方法，而命運就是喜歡在你以為沒事的時候，握住機關的某一條線，使勁一拉。

之前跟謝菜聊天時，她知道我會彈吉他，也自己寫歌。一天她在線上敲我，說她朋友的樂團正在找主唱，問我有沒有興趣，要不要聽聽看他們的歌。這時我還沒對 Nu metal 死心，但對其他樂風我也樂於嘗試。在電腦上聽完他們的音樂之後，我感到心情很複雜，說不上喜歡，但也不討厭，他們的樂風雖然跟 Nu metal 搭不上什麼關係，但有些段落卻也令人印象深刻。這個樂團在新竹，成員都還是學生，當時我甚至還不太確定新竹在哪裡，只曉得坐客運約一個小時可到。

鼓手羊毛在電腦上放了一張他戴著墨西哥帽子的照片，看起來挺淘氣的，跟他聊完後，我們相約在台北車站，決定下次一起練團。

我怎麼也沒想到，這一去就在台北與新竹間往返了四年。

17 美國搖滾樂壇的不成文詛咒。許多出眾的音樂家，包括 Kurt Cobain，都在二十七歲青春年華之際死去。

18 Kurt Cobain（一九六七—一九九四），九〇年代在美國西雅圖崛起，以強烈的破音吉他聲與陰鬱歌詞為創作特色，被視為當代青少年次文化的核心人物。

19 Jeff Buckley（一九六六—一九九七），美國搖滾樂手，於游泳時溺斃，生前僅發行了一張專輯《Grace》。Radiohead 的主唱 Thom Yorke 表示，自己某次在看完 Jeff Buckley 的演唱後得到〈Fake Plastic Tree〉的歌唱靈感。

20 Nu metal，一種混合金屬與嘻哈的樂風，在千禧年後開始流行。

21 Rage Against the Machine，簡稱RATM，以激進、批判美國政府的歌詞聞名，最著名的歌曲〈Killing in the Name〉只有六句歌詞，暗示美國警察執法不當與種族歧視。二〇〇九年，有心人士為阻止英國選秀節目 X Factor 連續五年「操控」了聖誕單曲排行榜，在 Facebook 上發起購買〈Killing in the Name〉的活動，最後該曲在網路上以五十萬的銷售量獲勝。

22 Oasis，九〇年代英搖班霸之一，首張專輯《Definitely Maybe》裡光明樂天的曲調，常被樂評用來與美國大為流行的灰暗陰沉 Grunge 樂風做對比。

23 Radiohead，樂風從搖滾跨界電子，廠牌從主流走向獨立，一個出人意表，在《Rolling Stones》雜誌的「100 Greatest Artists」中排名七十三的當代大團。

24 六〇年代中期的英國樂團，如 The Rolling Stones、The Beatles、The Who 在美國開始大為風行的音樂現象。

Echo

我想像，如果是坐飛機，成功湖大概只會有一元硬幣大，或是更小。它的四面看似布滿了花椰菜的花蕾，濃密的樹蔭讓碧綠的湖水多補上了一層墨。實際上我們在樹群間步行。我聽見鼓聲與樂聲，我知道自己快到了。

迴聲社看似不大，面向湖水，卡在一群音樂社團的中間。門口的鐵窗上吊著廢棄的電吉他跟鼓皮，上面用水彩寫著「迴聲社」、「Echo」等字樣。羊毛與歌德領我進去，一條長方形的走廊上擠滿了人。

時值夏日，風扇葉片上裹著萬年塵垢轉著，社內大都是男生，裸身抽著菸喧囂，有一台娛樂電腦放在門口，一群人精準地用鍵盤玩著紅極一時的格鬥遊戲KOF98。走廊的中間被一座沙發還有大型檔案櫃隔開，上面放著大大小小的獎盃獎狀。空中煙霧瀰漫，牆上掛著幾張 Kurt Cobain 的海報，地上或長或短的灰黃色菸屁股像是給他的祭品。走廊右面的牆上有一條長長的玻璃窗與一堵厚重的門，門裡頭就是迴聲社的練團室。

那時我初從台北下來，不知道這裡是新竹熱音的重鎮，也是醞釀出知名「回聲樂團」的子宮。

當天兩位吉他手只到了一位，缺席的那位是緬甸僑生，返鄉度假。另一位吉他手木頭是年紀最小的團員，他拿著一把紅色漸層的吉他，這個第一印象一直讓我覺得他的吉他音符很火熱，編曲很有朝氣。

我選了一首比較有自信的曲目試唱。鈸聲響起，羊毛舉起細長的手臂重重落在鼓皮上，他身形高大，但面相清秀，打鼓的樣子相當瀟灑。看似憂鬱的歌德，拿著一把與他氣質相符的黑色貝斯彈出沉沉音符，像是一節又一節穿牆而去的車廂。他們的音樂是一列行駛的蒸汽火車，在練團室的牆上留下一個大洞，而我在它噴出的濃濃煙霧中奮力大叫，希望能蓋過高亢的汽笛聲。

Mr. Indierock，是羊毛為樂團取的名字，簡稱ＭＩＲ。

這是一個喜愛挑戰的樂團，理工科的他們設計了許多奇數或混拍的節奏，變化多端，常教我不知所措，也大呼驚奇。那天練習結束，我立即成了樂團的一分子，接著還要馬上去貢寮海洋音樂祭表演，真沒想到撞了這麼久的胡同，一扇門就這樣展開了。從此我每個星期造訪迴聲社。

踏進迴聲社之前，我的搖滾指南是一張化石清單——某一年的《Rolling Stones》雜誌的百大專輯排行。藉此我成了考古派，不聽 Nu metal 的時候就去二手唱片行裡碰運氣，相信尋找過去才能創造未來。在迴聲社裡，儘管每個人的音樂喜好各異，但聽的樂風絕對是又嗆又新。當時 YouTube 正普及，大家竭盡所能想從裡面挖出曾經幻想過的經典現場，或是當代光怪陸離的音樂影片與曲調，我卻拿著生鏽的鏟子瞪著螢幕裡跑過一首又一首的歌曲，在一群大學生的幫助之下，才好不容易跟現代接軌。

那些我在迴聲社的日子，就像是一種延遲，一種生命的補償。當年大學時期我沒有參與任何社團，也沒交到幾個志同道合的朋友。二〇〇六年的迴聲社像是我誤闖的夢境，在這裡我常忘了自己已遠離校園，更不覺得自己長了他們幾歲。

也許迴聲社是一間廟宇，它聽見了我的祈求，並願意分一片屋簷給我當庇護。

比賽

之一

網路上有一張很逗趣的圖表，名叫 Rock Time Line。作者風趣地用了幾張卡通介紹搖滾樂，描述每個時期搖滾客的服裝、音量大小、歌詞風格等等。有一張圖，作者畫了幾台載著乘客的礦車，來形容音樂比賽的數量。照他的講法，這些比賽從二〇〇〇年開始爆增，最後過載的礦車整台飛出軌道。這圖看似誇張卻一點也不假，我就從那台車上摔下來過。

如果要簡單形容一下 Mr. Indierock 的發展，用「比賽」兩個字帶過即可。

ＭＩＲ的第一場正式演出，就在台灣最重要的樂團賽事——海洋音樂祭的小舞台上。

之後我們陸續參加了新竹大大小小的樂團比賽，初時賽績平平，直到幾個月後入圍了一場決賽，才正式嘗到甜頭。

那場決賽的舞台就設置在京華城後門的廣場上，由一台大概有兩三層樓高的大卡車改裝而成。上面放置了五光十色的霓虹燈，似乎只要它們一亮，所有人都可以從乞丐變神仙。我那時沒有好好「唱歌」的概念，拿著麥克風比較像在罵人。舞台上的紅光刺眼，看不清楚下面的世界，我只管連扣心中的扳機，用麥克風掃射我的熱情。

我們剛寫了幾首新歌，連歌詞都沒有，但我硬是把聲音扭成一團團無意義的音節從喉嚨擠出來。下台後我滿頭汗水，熱到沒有心情觀察周遭的一切，只是發呆等比賽結果。往周遭一看，發現這場合其實就像學校月考結束，一群學生坐在教室裡等著拿考卷，不同的是，這考試不會有標準答案，也沒人會告訴你該如何訂正。

不久，主持人上台，開始報分與頒獎，人群一下沉默一下鼓掌。第三名、第二名、第一名，我們聽見有人唱名 Mr. Indierock，哇，我們得了第一名。冠軍讓我好不容易降下的血溫又瞬間飆升，整個人變成一顆球飛向了天空。

我們領了一筆錢，還帶了一座獎盃回家。接下來幾天我的腦袋像唱片跳針一樣，不停重複表演的片段。之後我們繼續參加比賽，兩周一次，三周一次，並陸續贏得不同頭銜，例如冠軍、優勝、最佳鼓手、最佳吉他手等。看著不同的獎盃擺在大學社辦裡靜靜地發光，它們是我在漫長的黑暗之中一直欠缺的火把，但我不知道那些榮耀會蓋過我心中的黑暗，或是照出更巨大的陰影。

藉著獎盃與迴聲社的光環，新竹變成一張舒適的大沙發。我們開始在當地小有名氣，但不是很多迷妹追著跑的那種，而比較像一群古怪的書呆子竟然會玩音樂。比賽之外，鮮少離開新竹。在一次機會下，和迴聲社的樂團錄製了一張合輯，決定外出台中巡迴。

第一次遠行就遇上颱風。當我們走進表演的地下室時，只見整個場地死氣沉沉，除了隨行的朋友之外，沒有半個觀眾。看著空蕩蕩的舞池，我這才發現那些亮晶晶的獎盃完全派不上用場，樂團最真實也最殘酷的考試其實在這裡。本來想怪罪颱風來安慰自己票房不佳，但表演結束後往巷外一兜，才發現整條路上都是人，沒辦法賴皮。

於是我們又重回自己熟悉的戰場，開始參加更多更大型更重要的比賽，像是海祭的大舞台，或是 YAMAHA 熱音，但遺憾的是，前者不曾入圍，後者雖入圍決賽，但只得了「未來之星」。我們所熟習的招式、習慣的風格，在這些比賽裡都不管用，漸漸地，也許是害怕，或厭倦，我們不再參與任何比賽，任由自己被前仆後繼的搖滾浪潮捲入海底。

之二

一天下午，幼稚園午休時間，我在餐桌旁偷聽小孩講話。一個沖天頭的小子拿著新買的玩具車，誇張地說它跑起來像閃電一樣快。另一個圓嘟嘟的小孩回嘴說，他的那台跑起來像火箭。兩個小孩沒完沒了地鬥起嘴，直到差點打架才被制止。這兩個娃兒也不過就是五、六歲，但吵起架來活脫脫像是大人。我想起聖經裡的亞當跟夏娃因為吃了分辨善惡的果實而被定罪。無關年齡，人一旦有了分別心、差別心，就會製造衝突。我不禁想起那段跟樂團廝殺，每個星期都參賽的日子，突然對比賽有了更深入的覺悟。

其實樂團比賽是種很斯文的競賽，因為參賽者不用肩碰肩或眼對眼，樂手站在舞台上，只需留意自己失誤，不用擔心對手犯規。它雖比運動安全，但評分卻彆扭得多。籃球，進框兩分遠投三分，勝負可以斬釘截鐵地評斷。音樂比賽卻沒有籃框或球門，也很難要求評審在一首歌的時間內寫出白紙黑字的評論。所以不論結果好壞，樂團都只能靠自己揣測輸贏為何。這樣看似沒有規則的比賽夠公正嗎？就算最後贏得名次並大受讚揚，可是你的觀眾卻不會變多。

到底我們在比賽中可以得到什麼？

那段「戰國」時期，ＭＩＲ剛開始是嘗盡甜頭，得了大大小小的獎項，也開始受到重視。表面上我斯文恭謙，面帶笑容，接受大家的讚美，但也不時困惑這些讚美是不是無形之中擴大了自我？比賽不管輸贏，表面上跟其他樂團都是英雄惜英雄，但在潛意識裡，經過長期的競爭，我會不會把所有玩團的人都當成敵人？我要怎麼確定自己是否有足夠的風度，來面對每場賽事的輸贏？我要如何確認每一次的勝利是不是僥倖？

在參加各種大型比賽卻不得其法後，ＭＩＲ解散又重組。多年之後，我們開始積極在各地的 live house[25] 演出，參加大大小小的表演，這讓我們認識很多人，看見很多樂團的經營模式，也見識到始祖級或是新秀團做事的方法。我們開始進入一個由樂團組成的社會，那裡有另一種戰場，競爭規則更加曖昧不明與殘酷，這讓我不得不思考，該如何走出自己的路。

這是一段重生的時期，我們上山下海，盡可能地走入北中南的 live house，一半像在瘋癲胡鬧，一半也認真觀察身邊的一切，雖然為數不多，但我們陸續認識了一些肯定我們音樂的朋友，吸收了一些聽眾。一路下來，漸漸發現，那些參加比賽，在心理建設假想敵的日子，只是在浪費時間，比起爭奪無謂的頭銜，樂團還不如早早跳進真正的「社會」，從實幹中獲得經驗。這也是為什麼我反覆思考，想要殺死「比賽」來悼念那些失去的時光。

只可惜，這世上沒有一個最圓融的想法，所有想法都有瑕疵，我想破腦袋否定比賽這件事，但我也開始從另一個角度審視自己。那個認定樂團應該累積實戰經驗，一步一腳印來建立觀眾的我，也可能只是追求另一種虛榮。我忙著鑽透牛角尖來否定樂團比賽，卻沒想過它的可愛之處。

有位經紀人說過一句很經典的話，玩樂團，其實是在玩人脈。而事實上，比賽也能提供樂團特有的兩種人脈。

第一是觀眾，一般來說，當樂團在 live house 安排表演時，工作人員也許會把曲風納入考量，安排風格相似的樂團一起演出，這樣的安排能讓演出比較有一體性，團跟團交替之後不會有太大的落差。但如果是比賽，則不會有這樣的限制，你可以在不同曲風的樂迷面前「宣傳」你的音樂。

通常參加比賽的樂團動輒十幾團，加上前來助陣的親友，觀眾沒有一百也有八十，這樣的人數對一個新手團而言是天文數字。且這些觀眾不是一般人，他們是喜好音樂之人，所有願意參與其中的觀眾，就是樂團潛在的樂迷。

第二種人脈是評審，樂團比賽可以提供樂團接觸專業人士的機會。雖說非主流樂團普遍會有一種仇視主流的心理，習慣把主流音樂的工作者當成要打倒的對象。但有時候越是跟自己觀點不同、風格不同的批評越是犀利，而比賽正是一個提供這種批評的絕佳場合。要是非主流樂團真的有心想加強競爭力，何不知己知彼百戰百勝，研究主流的想法來推敲自己沒發現的漏洞。

以前的我沒想過比賽的優點，只因自己的失敗而急忙否定，但所有事情都有好與壞的一面，只看自己如何運用。競爭會不會成為一種負擔，只在於一個人怎麼面對它。

25 在二〇一〇年以前，live house 在台灣沒有正式名號，業者在填寫營業項目時只能以冰果店或餐廳自居。

比技術更重要的事

當我們尊稱一個人高手的時候，通常是因為他手藝高超，他可能很會打拳、開車、揉麵團或彈吉他。

一般來說，高手似乎是多多益善，不管是球隊、公司或是樂團，只要技術高超的人越多，該組織出類拔萃的機會也越大。

但我相信，有一件比技術更重要的事。

儘管贏了不少獎項跟幾枚「最佳樂手」的獎座，讓我們獲得「高手」級的稱號，但ＭＩＲ樂團最終只撐了四年。昆蟲是第一個離開的人，後期他多有外務纏身，練團經常晚到或缺席，因此那天在社辦他說要離團，我沒有感到特別意外。他講到心中對樂團的想像，應該是要三五好友可以一起喝酒聊天踏青吃飯玩團那樣。我不確定ＭＩＲ離他的理想有多遠，大概是我們比較像一群死氣沉沉的殭屍，心中沒有草地與陽光，只等著用音波煉金。

我沒對昆蟲的離開多做回應，只覺得自己與他的路線沒有交集。他是個讀書人，得應付重要考試或是煩惱出國要讀哪個研究所。而樂團是我唯一的籃子，我把所有雞蛋都擺在裡面。

剩下四個人，我們試著找出新的秩序，營造比以往更生猛的曲風，並決定將團名改為「OXYMORON 白癡奧克西」繼續運作。昆蟲的離開看似對樂團沒有造成太大影響，我們不斷寫新歌，也很滿意新的樂風，但OXY注定是MIR的翻版，練團、比賽、得獎，重複了相同的循環，但依舊沒沒無名。昆蟲之後離開的是木頭。他沒多說什麼，只在網路上用一篇留言知會大家。他跟昆蟲一樣是聰明用功的學生，我們很依賴他的創作能力。木頭其實有英搖魂，他想走更輕盈的樂風，但為了迎合我們吃「重」的口味，只好委屈自己，最後他終究是累了（他後來組了一個英搖曲風的 The Pixels 樂團，錄了一張很出色的專輯）。

跟之前昆蟲離開時一樣，對於木頭的決定我不感到意外，但不禁開始反省，一個看似曾經擁有榮耀與機會的樂團，為什麼最後還是變得支離破碎。

我想到了昆蟲，想到我很難接受他對樂團近似「消遣」的態度。我宣稱樂團至上，自己每個星期盡力排假，在台北與新竹之間奔波，看似對樂團付出心力，但平日下班後，卻也未曾積極利用時間經營。那些能夠寫歌、寫詞，或練唱的每一分鐘，我大都用來享受影音娛樂。說穿了，樂團之於我也不過是一種消遣，我不過是為了練團而長途奔波，自我感覺良好地包裝了它。我不明白自己犧牲得不夠，這是樂團失敗的一個原因。另一個更深層的原由，我想是因為年齡的差距（我長了大家四到五歲），還有成長背景的不同（我在放牛吃草的國家長大），我們其實需要花一些時間統一彼此的價值觀，也就是像昆蟲說的，出來吃飯踏青，無奈台北到新竹的路程遙遙，讓我們唯一見面的時間都得放在音樂上。

其實昆蟲早就知道了，玩樂團不僅僅只是操練樂器，更是在演奏友誼。創作是抽象的，更遑論多人創作會有多不受控制。在失控之間，樂團更需要彼此瞭解來理出一個共識，我們當然需要玩耍唬爛，像黑猩猩一樣互抓蝨子以及在樹幹上閒晃。

在樂團裡，一個樂手瞭解自己，也瞭解對方，這會是比任何技術都還要重要的事。

大門老師

捷運雙連站跟中山站只隔了五百多公尺，兩站的出口幾乎像是被複製貼上的檔案一樣，只是中山站外頭是時尚的都會百貨，雙連站則是滿街活蹦亂跳的庶民小吃。我踩著電扶梯出來，背著電吉他，經過炒米粉、魯肉飯、米粉湯攤販，轉了兩個彎，在某個巷口的公寓前停下。

大門老師特別交代過，要學生按門鈴時小心一點，因為鈴聲很吵。我大概花了兩個星期琢磨，盡量讓它只發出「吱」的一聲。這堂電吉他課，首先從電門鈴開始。

一樓的門鎖震了一下，門打開了。

第一次學吉他大概是高中的時候，老師是個韓國人。木吉他彈得乾淨清脆，他大概靠一首 Tears in Heaven [26] 打動了很多學生，包括我在內。但我的注意力很短暫，記不住那些和弦名稱，似懂非懂刷了幾次，就再也沒去上課，當時買的那把吉他，最後還被一個留中分頭的混帳給拐走了。

幾年後在第二壯的家裡，看他用電吉他彈出那些毛茸茸的刺耳破音，我才真正喜歡上這個樂器。我們沒有看譜，只靠耳朵跟著樂曲慢慢抓下音符，「音樂就是要這樣玩啊！」他很滿意地用一種鼓勵性的語氣跟我說。第二壯是那種對生活極有想法的人，全靠自學玩吉他。至今只要聽見任何音質粗糙的龐克歌曲，我就會想起第二壯房間內昏黃的光線，想起那段受他啟蒙的吉他歲月。

我不如第二壯天才，雖然用近乎「原始」的方式彈了五六年的吉他，也寫了不少歌，但這六條弦，二十多格琴格，身高只有我的一半再多一點的吉他，始終像是一位神秘的朋友。它在沉沉的指板裡藏著一個活絡的宇宙，卻始終不曾開口多跟我說些什麼。

大門老師的課開在周末，團體班一次四五個人一起上課，收費平實。照網路上的課程表來看，從入門班到高級班要兩年多才能學完。平常用「月」為單位來規劃事務，已經是我的極限，我更習慣的是狼狽地被「小時」或「分鐘」追著跑。可是當昆蟲與木頭因理念不合而離開，只剩下羊毛打鼓跟歌德彈貝斯的時候，我知道自己躲在麥克風後面只顧唱歌的日子結束了，所有的規則與習慣都必須改變，我知道我得被更巨大的東西追殺。

那時因為工作的關係，我離開台北搬到新竹，本以為這樣可以方便練團，但現在為了學琴又得每周跑回台北。這意味著每個星期我得繼續為音樂在兩座城市間奔波，繼續被時間與距離追趕。

到了公寓頂樓，我打開工作室的門，看見戴著黑框眼鏡的大門老師坐在兩台古老的吉他音箱前，他一頭長髮用伸縮帶綁著，像個武士一樣。他從日本來台灣教琴已經十幾年，生命中超過一半的時間都在彈吉他，這個被音響器材包圍的閣樓就是他的道場，那些烤漆脫落的老吉他則是一把把千錘百鍊的刀。

他遞給我幾張上課的講義，帶點日本口音一派輕鬆地說，吉他沒那麼難的啦。我看著譜上印著空弦的撥彈練習，感覺自己從一個焦慮的成年人變回一顆單細胞，一部分的自我似乎有點抗拒如此基礎的練習，但也隱約感到安心。一路上我累積了很多關於吉他的疑惑，現在我不希望自己錯過任何東西。

這時我還不知道眼前這個人是「原始」的極致，他從來沒拜過任何老師，只靠自己學習，並整理出一套樂理與技巧。他將回答我所有對音樂已知與未知的問題。

大門老師極為嚴謹，他的講義是一張張A4的紙，每上一次課發給學生一張，全是自己親手整理打字列印，絕不使用現成課本。我知道那是他的武功秘笈。這樣畢生的精華就在眼前，我竊喜自己的幸運。就像打結的毛被梳子梳開那樣爽朗，我對音樂的糾結一次又一次被刷開，在每個恍然大悟的時刻，也常在心中埋怨自己為何不早點向他學習。

「用了這些音的話，會有飛起來的感覺喔。」大門老師在講解延伸音的時候，說了這樣的話，激起我第一次聽見Suspended chord的回憶。

二〇〇〇年前後，我常去奧克蘭最大的二手唱片行，它在市中心邊緣的一道斜坡上。店裡躲著各種怪客，有滿身刺青的龐克，騎哈雷機車的大漢，有人綁了一頭雷鬼辮子，還有時尚的文青戴著眼鏡或毛帽。這些客人好比活生生的音樂類別告示板，引人注目，但也撩亂地令人無所適從。

那時身邊愛聽音樂的朋友，多半是聽Guns N' Roses長大的。他們人如其樂，動不動就揮拳打架，泡妞飆車。我雖然連惡漢的邊都沾不上，但還是愛上這個九〇年代大團的音樂，如飢似渴地惡補他們所有出過的專輯。

幾乎是同一時間，P2P開始普及，幾乎所有人的電腦裡都有Napster或Kazza，或是任何可以「分享」音樂的軟體。漸漸地我比較少去樂器行，開始在網路上搜尋Guns N' Roses的音樂。那時他們的專輯我差不多已經聽透，但還是像鬼打牆一般要繼續搜尋他們的歌曲。很意外地（當時我完全不知道何謂bootleg[27]），我在網路上找到一首陌生的曲目，一首從來不曾在他們專輯中出現的歌曲。半信半疑地下載試聽後，才發現那是他們的現場錄音，音質粗糙，但氣氛令人難忘。很快地我立刻輸入同樣曲名，原唱的檔案立刻跳上螢幕，Tom Petty[28]的〈Free Falling〉。

我有惡漢情結，凡是太軟太甜的音樂一概不收。但當Tom Petty用扁扁的嗓音，唱起一個心碎女孩的故事時，我被降伏了，而整首歌最令人印象深刻的，就是那輕飄飄的吉他聲，既溫暖又心寒。

當時初彈吉他不久，每次抓歌都得在喇叭前聽上半天，最後常常只抓到幾個七零八落的音符而感到挫敗。但這段路上偶爾會有幾首歌，幫助我重拾信心，〈Free Falling〉正是其中一首。我拿起吉他，很快地發現 Tom Petty 只用了三個和弦寫下這首歌，心中有一種複雜的失落感，一方面有點夜郎自大地覺得他在打混，一方面也因為一首歌可以這麼簡單而感到驚訝。

但不論如何，〈Free Falling〉的和弦確實讓我感覺在飛翔，那是我在生命中第一次對音符有一種實際的感受。

Major、Minor、add9、7，在大門老師的講解下，多年來這些像密碼一樣，讓我感到困惑的和弦名稱終於被解開。這些神秘的稱謂，粗略分析起來至少有一百多種，我曾經認為它們各自擁有絕對的意義，而被搞得昏頭轉向，如今發現它們只是一種可替代並被計算的符號，便不再感到驚慌。

在揭開它們的面紗後，就屬 Suspended chord 最有意思。也就是那幾個在〈Free Falling〉裡讓我感覺飛翔的和弦。Suspended chord，中譯「掛留和弦」。一般來說 suspend 意指「掛」或「吊」，而我對這個字最早的印象來自學校。當有頑皮的學生因為搗蛋過頭而被停學時，就會用 suspended 來形容他們，他們的學業可能被延緩或暫停，但不代表結束，就是掛在那裡，在空白處等待。

那在音樂裡，Suspended chord 代表的是什麼？在等待什麼？

如果和弦是一個人的話，那 Suspended chord 會是個年輕人，他的思想可能還沒統合，還在尋找自我，還沒確立他在生命中、社會上該扮演怎樣的角色。他不知道自己擅文或武，愛男愛女，邪惡還是善良。

Suspended chord 會讓我做此聯想的原因，是因為它的和弦組成之中，沒有三度音。

一般來說，一個音只是一個音符，兩個音以上的話，就能稱之為和弦。初學吉他時，多半會從三和弦開始學。顧名思義，這種和弦是用三個不同的音所組成。三和弦之後，會學到它還有大／major，小／minor 之分，俗稱大三跟小三。我相信，當我們聽見 C major 跟 C minor 和弦做比較時，心中的詩人會被喚醒，大部分的人應該能不約而同地看見大三的光亮，感受小三的哀傷。

通常，和弦裡最低最沉的聲音被稱作「根音」，它是穩固世界的大地。五度音不做變化，它是恆常的天。在不變的天地之中，三度音會決定這個和弦的情緒，也許可以說它是人性吧。離根音遠的大三度比較光亮，離根音近的小三度比較陰暗。至於「掛留和弦」，組成音基本上也跟上述的大小和弦一樣，唯獨它捨棄了三度音，用二度或四度音代替。在這樣的和弦聲響之中，沒有黑暗或光明，我們聽見的，是一種不穩定、但自由的飛翔。

透過大門老師的教導，瞭解和弦的組成方式後，我無法不去對它們賦予我的想像。我無法自拔地用一切相對的事物去看待大小和弦，透過它們聯想雌雄、太陽與月亮、黑夜與白天、善與惡、是與非、水與火。更重要的是，在這些看似二元的對立之間，包含著一種自由與可能性，就像小孩一樣，還未被任何觀念套牢，有一顆絕對清澈的心，彷彿能像惡鬼一般殘忍，但也能像天使一樣仁慈。

創作至今，我一直很依賴使用掛留和弦，一方面它開啟了我對和弦的情感，它也提醒了我生命中所有的可能性，讓我能夠面對回憶中那些渾渾噩噩、不知道腳該往哪踩的日子。如今，那些曖昧不明的痛苦都結束了。

由衷感謝大門老師的指導。

26 為 Eric Clapton 描述喪子之痛的名曲。

27 Bootleg recording，泛指任何非正式的錄音，例如樂團的演唱會現場盜錄卡帶，此種「違禁品」多在認真樂迷之間流通或販售。

28 Tom Petty，美國歌手，曾為了捍衛自己的作品權益與唱片公司訴訟而破產，在二〇〇二年成為搖滾名人堂的一員。

拿乙

時值夏初。拿乙站在練團室窗邊看著我們練團，那是我第一次見到他。他身穿白背心，頭頂麵條頭（某知名ＤＪ對dreadlock的詮釋），除了胸襟、手臂上有層層刺青之外，下巴與眉上都穿著鐵環。在紐西蘭或任何西方國家，人體藝術是一種常見文化，但在台灣不算盛行。我剛到清華迴聲社不久，忽見這位同學上身的墨水與鐵條，還以為自己把台灣校風想窄了，這裡比想像中西化、開放。想像無誤，其實拿乙這一身行頭對高等學府來說還是刺激，校園內除了他之外少有刺青之人（或是他們鮮少展露），畢竟這種藝術在台灣還是有一種「兄弟」味。

拿乙不走江湖，但他身上的刺青，也算是一種邊緣人物的號誌。拿乙是緬甸華僑，孤軍後裔，文人口中亞細亞的孤兒。緬甸在軍政府的控制下，不論是生活或求學條件都很差，拿乙高中念完後便被家人送來台灣，一半逃難一半留學。他憑本事考進清華大學，並決定以孤軍後裔身分定居。為了自我認同，他在胸前刺上緬甸文字，那是他在異域的名字。那天他聽說有人特地從台北來新竹練團，便來社辦探探，無緣我當日有事在身，練團結束後直返台北，跟他初次見面就真的只有看臉而已。

再遇見拿乙時，他與他所屬的暗流樂團一起出現。我加入迴聲社時，他們已是社內大團，但我渾然不知。那天我們兩團約在台北演出，我只當尋常表演。活動開始前遭人特地「警告」，要我耳朵小心，因為等一下會有嚇人音樂。暗流上台，第一次聽見他們的樂音，我很震驚，像是關上家門發現沒帶鑰匙，或是剛上公車發現沒帶零錢。若是身為樂迷，我的體驗必是欣喜與悸動，但身為樂手，暗流的音樂聽起來是一種明威暗脅，因為它太過傑出。基本上暗流當時掌握了兩個我渴求的音樂要素，一是動態明顯的厚重吉他樂句，二是起伏精準的歌曲架構，那些我心中想做但做不出來的事，他們已經拿上台表演了。而最勾魂攝魄的，莫過於拿乙開口唱歌時，那蒼幽獨到的嗓音，與他充滿起伏的腔韻。

「小時候我們村裡沒有電的，到了晚上只剩月光照在地上……」

與拿乙聊天時，他常說起緬甸的生活與當地不同族人之間的故事，有行俠仗義的武僧、在河裡淹死的年輕吸毒者、小童加入軍政府學開槍、村子裡的第一台電視……他口中的「原始」世界與都市生活大異其趣（我是都市俗），或許是那樣的時空背景，在他飄洋過海時賦予緬甸的地靈跟隨，或是他諳老家雲南方言，才讓他有別於台灣的嗓音。他笑說：「在我們那邊每個人唱歌嗓音都是這樣的，沒事幹就拿把吉他去女生宿舍……」

在拿乙的介紹下，我開始在新竹的實驗小學工作，搬去與他同住。這段緣分也許歸屬在我們漂泊的命運中，或是外婆帶給我的雲南血脈的呼喚，也或許是我對自己都市身分的厭煩，我希望能透過拿乙的故事獲得另一次生命。這時期我們彼此亦師亦友，下班後一同彈琴唱歌，聽完他的異域故事後順手寫成歌詞，在燈色昏黃的木皮地板上，鼓皮隆隆弦鐵震盪之中，我透過書寫、歌唱獲得自然無懼的信心，得到一種因創作而自由的純粹快樂。

奇行

迎接小孩誕生，面對親人死亡，從學校畢業，或是第一次跟女朋友分手，生命中會有一些特別的時刻，很難解釋它們的意義，但你就是記得那些平凡卻又奇特的場合，甚至記得當時的光線跟溫度等等輕如鴻毛的小事。那天下午在新竹是一次令我難忘的經驗，而它卻是怪誕得令人難忘。

我跟第二壯還有拿乙約在清大見面。第二壯第一次來新竹，我想趁著天氣好，帶他往學校的山上走，上頭有許多梅樹，還有一座蝴蝶園。步道上草木茂密，我們先朝人社院走去，那是一棟龍型建築物，拿乙說這山頭以前是墳場，因此蓋了一隻石龍來鎮煞。高高的鐘塔是龍頭，時間一到會發出電子鐘聲。經過人社院，我們來到相思湖，這是清大校園中地勢最高的一座湖，我們打算在此小歇片刻，接著要去賞玩蝴蝶，但卻發生了一件意想不到的事。

相思湖上有一艘小木船，沒人知道它為什麼在那裡，或在那裡漂浮了多久。但比起這艘神秘小船，相思湖更廣為人知的是，當年有兩名見義勇為的少年，為了援救一位落水的女童，最後三人不幸溺斃的憾事。

我在湖邊看著他們的紀念碑，讀見兩位男生一人籍貫河南，一人河北，開始想像他們前世的因緣，猜想他們是不是這輩子注定要過河，在水中相遇。在這個想法閃過的同時，忽然我感到一股非比尋常的壓力，原本眼前這池安詳的墨綠色湖水突然變得無比野蠻，猙獰飢渴如野獸，彷彿牠隨時會跳起來把我拽進水底。我嚇得直後退，但這時不管是湖周邊的樹群，或是我腳底下的青草，看起來都如同墳墓上的青苔般邪惡，它們濕潤如湖水，是相思湖飢渴慾望的延伸。

我轉身想跑，但隨即想到一旦我離開了拿乙、第二壯，一旦離開了認識我的人，離開一切我已熟悉的事物而進入一個全然陌生的領域，那就等同於死亡。

面對同樣的恐懼，同樣的死亡，我選擇了後者，不願變成怪獸的點心。

我跑走了，還在拿乙與第二壯沒注意的瞬間，我往一條陌生的下坡奔去，闖進山壁的陰影之中。白日的光澤變得像薄紗一般輕而飄渺。

我很確定自己已經死了。這是生與死的通道。我是在陰陽之間奔跑的遊魂。這條路上非常安靜，我不發一語獨自奔跑，忽然看見路邊有一棟白色的建築物，裡面擺著長桌如尺，還有宛如宇宙般浩瀚的書櫃，上頭滿是書本。那是鬼門關，所有遊魂報到的地方。

我這下明白了死亡的實相，原來所有生命結束後都要回到這裡，一魂一桌一本，在裡頭一字一句地寫，幫忙記錄所有生命中發生的事。我想像自己該如何起頭，是否要像聖經一樣記載神如何把天地分開？但那不是我該負責或有能力負責的段落。我沒法為生命找到起頭。那往後看吧，我什麼時候能把字寫完？寫完之後能不能出來透透氣，到外頭找朋友狂歡呢？答案是不能，因為生命沒有盡頭，所以我得永遠坐在那裡，永遠盯著文字，盯著一個一個憑空浮現的文字，連偶爾想偷閒轉轉手中的筆都不行。哪來的筆，哪來的手啊，已經沒有身體，只剩困在書桌前的意識啦。

我決定視鬼門關而不見，繼續往下坡奔去，許多經過的遊魂吃驚地看著我，對我的逃避感到訝異。

「就讓他去吧，新來的都是這樣。」我經過門口時，聽見守關的門靈如是說。

不願意坦然面對死亡，這下我變成了野鬼，一個一路往下衝的野鬼。在下山的途中有隻土色的黑嘴靈犬跟上我。每一隻野鬼都會有一隻這樣的隨扈，牠得跟鬼門關回報我去了哪些地方。

我們一起跑進一棟無關緊要的大樓，看見一道從中庭注入的陽光，像是從宇宙船射出的光線。我跟靈犬走入那道光線之中，有牠的陪伴，我發現自己似乎比剛才較能接受死亡。我以為靈犬是我的送行者，我將會在這道光束之中融化，消失不見，但我沒有，倒是靈犬消失了，而我依然站在光線之中。

我回到路上，思索自己該往哪去。我想著地球，往南北也好，往東西也好，這球是圓的，想怎麼走就能怎麼走，除非我有一個目標，除非我有一個家，有一個可以回去的地方，不然這路永遠沒有盡頭，怎麼走都不對。

我想到我的家人，想到背背，想到所有我思念的朋友，感到很哀傷，因為我連說再見的機會都沒有，我想起剛才的靈犬，明白孤獨地死去是件多麼叫人傷心的事，若能有親人的陪伴，死亡則會溫柔得像一場夢。

忽然，我發現自己站在成功湖畔，看見陽光如彩帶灑向散步的人群。有個女娃興高采烈地指著松鼠，有隻小狗對著主人搖晃毛茸茸的尾巴，一位大姐對著湖水伸了懶腰，所有圍在石桌邊的人都在講話、都在笑。我看傻了，像一根柱子立在路邊，為世上最美麗的畫、最和諧的歌而感動。

「欸！」我回過頭，看見是拿乙拍了我的肩膀，第二壯就站在旁邊。

「你跑去哪裡了啊？」

經他們一問，我這才發現自己原來還活著，死而復活。我高興得沒辦法表達自己有多麼快樂能再見到他們，或是天堂如何就在人間。

那天我早早回家，歸途睡得極安穩。

Muse

某日我拎著大小包樂器搭計程車。運將大哥見著我的「傢伙」便開口問我玩什麼樂器。我告訴他袋子裡裝著吉他。為了避免被誤會成技巧精湛的作場樂手，我多嘴說了一句自己喜歡寫歌。

不知怎地，運將大哥開始略帶激昂，有點感慨地說他很佩服寫歌的人，並且好奇到底該如何無中生有，把音樂變出來？我聽了一愣，遲疑了半秒，才開始試著解釋創作其實並沒有那麼難，還希望能說服他開始學習樂器。最後運將大哥很客氣地用「我沒有天分」婉拒了。

我是一個不相信基因、血統的非宿命論者，只要聽見朋友說出「很羨慕你有玩音樂的天分」這樣的話，我都會有一種隱隱被冒犯的感覺。好像比起天分，努力一點也不重要。我當然不打算跟那位運將大哥吵架，只是遺憾自己沒能說出關於靈感一事。創作其實沒有他想的那麼神秘。

傑出的創作型藝人之所以耀眼，是因為他們似乎掌握著創造力，一種難以理解、容易讓人崇拜的神秘特質。靈感，就如這詞彙本身一樣，自古以來就帶有神性色彩。很多音樂家曾說過自己在創作時，感覺寫歌的人似乎不是自己，而是另有力量將歌詞與旋律像洪水一般傾瀉到紙上，頗有乩童起乩的味道。古人為了獲得靈感會對希臘神話裡的女神祈求，像但丁就在神曲的《地獄篇》寫到：

噢，眾繆思，噢，神性的智才，快幫幫我吧
噢，那儲藏著我眼目所及的回憶啊
是時候展現你至高的能力了！

靈感的秘密，其實已被這位文豪道盡。

當我意識到音樂是被人「創造」出來之後，就打從心底渴望自己也能擁有那項能力。我彈吉他時很自溺，有時創作得太入神，也曾有過那種「寫歌的人不是我」的奇妙感覺。

我剛開始寫歌的時候大都只聽樂團的音樂，軟綿綿的流行歌全都拒絕，因為它們聽起來不夠有個性，不夠有「創意」的音樂對我來說都是挑釁。一次我聽見一個樂團談論作曲，他們寫歌的秘訣是把某首歌的和弦進行用別的調子再彈一次，我當時聽得都傻了，認為那是最「下流」的作曲方式，我打從心底決定不跟他們往來。

跟了大門老師學習，從頭到尾花了兩年半的時間，他把我所有關於創作的原始迷信，都變成了現代化的理性邏輯。

首先，我們先思考有沒有純粹的「原創」。

如果有一天能夠見到年輕的我，他肯定會忿忿地解釋自己沒有參考別人的歌，他的創作都是純粹的靈感。這話聽起來很正直，我也瞭解他的歷程沒錯，但問題是他太小看人類的潛意識了。我們既然可以記住童年的痛苦，自然也可以記住任何一段美好的音樂，那些音樂會在我們因創作而掙扎、無所適從的時候從大腦深處被召喚出來，它會瞞過我們的意識，藏在我們肌肉的細縫處，哪怕一個人完全不懂樂理，也有可能用瞎矇的方式把它們拼湊出來。

以前因為資訊不發達，所以我們沒辦法知道創作者背後的故事，很容易任憑自己想像而神話一個人。但今天關於創作者與他們作品的書籍及影片不勝枚舉，我們可以知道 James Brown[29] 是 Michael Jackson[30] 的模仿對象，看見 Kurt Cobain 承認自己的創作是 The Pixies[31] 的翻版，Deftones[32] 的歌是從 Bad Brains[33] 抄來的，No Doubt[34] 在創作前一定會播〈Time After Time〉[35] 來聽等等。所有人都有自己的偶像，如果把智慧財產的道德標準拉高的話，「抄襲」與「沒創意」的罪名，恐怕可以冠在任何人的頭上。那些我曾經批評為下流的樂團，其實是可愛的，他們很老實，不忌諱與我分享他們創作的秘密，一古腦相信「原創」的我反而有點僵硬與反應過度了。

其實所有的創意與靈感都藏在我們的記憶之中，而創作者的任務，就是自覺或不自覺地去重複呈現所有我們認為美好的事情。

所以掌握靈感的最好方式，就是不斷加強自己對經典作品的記憶，並想辦法在腦海中

「認出」這些音樂。

為什麼「認出」它們是一件重要的事？因為一旦瞭解我們手中的創作是在不自覺中參考他人創作的同時，我們會開始嘗試去「包裝」它，避免自己淪為他人口中一味「抄襲」的人。一個作品該如何被包裝，我們不妨參考畢卡索的名作「亞維儂的女孩」，看他在裡面如何包裝那些可能是深深震撼他的非洲面具；或是馬奈「草地上的午餐」，看他如何從萊蒙特的「帕里斯的判決」中取景。簡而言之，包裝一個作品需要的是品味，而品味需要培養，至於要如何培養，要「認出」品味在哪，則又回到了學習，一旦能夠辨到這些事，「靈感」的連結就可以生生不息。

甚至，一名創作者應該要相信每一件觸動他心靈的事物，牢牢地記住它們，熟記它們的味道、顏色、聲音、溫度，並且相信在必要時刻，這些被我們的愛所關注過的東西，會從我們體內湧現，幫助我們渡過所有創作難關。

如果能再遇見那位司機一次，我還是會鼓勵他學樂器，並把這些關於創作的事講給他聽，要是說這世界上真有天分，那也只在於一個人有沒有熱情實現一件事情的心，也許那算一種天分，或者該說是緣分了。

29 James Brown（一九三三—二〇〇六），Funk 樂風的核心人物，擁有驚人的活力與表演張力。其作品〈Say it Loud: I'm Black and I'm Proud〉在七〇年代是美國黑人自我認同的重要歌曲。

30 Michael Jackson（一九五八—二〇〇九），金氏世界紀錄最成功的藝人，創造了機械舞步與月球漫步，二十世紀流行文化的風雲人物之一，號稱流行音樂之王。

31 The Pixies，九〇年代另類搖滾風潮的先驅人物，常以超現實、聖經以及暴力的文字創作歌詞。

32 Deftones，美國加州另類金屬大團，主唱 Chino Moreno 常將輕柔的旋律交錯在激烈的吉他樂句中，為 Deftones 增添了一般金屬團少有的陰柔特質。

33 Bad Brains，硬蕊龐克的先驅樂團之一，其成員為拉斯塔法里教徒，他們信奉上帝是黑人，並在敬拜儀式中吸食大麻。

34 No Doubt，活躍於九〇年代的流行樂團，首張同名專輯《No Doubt》歡樂的 ska 樂風未能在當時 grunge 制霸的市場中立足，直到第二張專輯《The Beacon Street Collection》才開始漸入佳境。

35 流行歌手 Cyndi Laupery 在一九八四年推出的單曲，於一九八五年入圍葛萊美獎「年度最佳歌曲」。

歌詞

站在白板前，我嗅著手中麥克筆發出的油味，看著板面上一句簡短的英文句子，一段每個周末我要重複書寫的僵硬文字。它像久未謀面的朋友揮著手朝我跑來，在身後偷偷藏了禮物，有所計謀但無害地笑著說：「欸，是我啦，你不知道我是誰齁？」

我一陣放空，等思緒回至腦心再擴散時，才發現它是人類思維的符碼，生命場景簡潔扼要的藍圖。

我忽然明白，我們活著只能發問或回答。

Who，What，Where，When，Why，How，六種大問題。

Yes or No，兩種小問題（也是小回答）。

大回答，則有兩種。

一個主體，I。
做了一件事，teach English。
或是一個主體，I。
是個什麼東西，am a teacher。
等同於他在何種狀態之中，am happy／sad。
至於在什麼地方，或是對某個時間點的描述，都是附加的。
主體是什麼、發生了什麼事，才是重點。
也許主體是一隻小螞蟻，在土裡運送剛發現的餅乾。
或者主體是宇宙，剛剛在一團渾沌之中爆炸了。
當然，除了回答以外，我們還有一個更酷的選擇。
那就是聽。
什麼都不說靜靜地聽。
我天生近視，從幼稚園就開始戴眼鏡。比起視覺，我相信自己更習慣於用耳朵思考。

這樣的宿命條件使我成為愛樂者的機率變高，再配上打破砂鍋問到底的蠢個性，我也不意外自己從純愛樂變成猛創作。我的學業成績一直很差，只在文字上開竅，國中時除了國文及格以外，其他科目全部紅慘。

除了幫我建立微弱的信心，文字也是我最早的創作媒介。

有一段時間我愛聽恰克與飛鳥，唱片公司很細心地在進口唱片中附上翻譯歌詞。一細讀我嚇壞了，那是我生命中少數的美感啟蒙時刻。一張和語漢化的文字引領我鑽進時空摺疊交錯的無有隔間，在裡頭我起乩似地把最喜歡的一段文字抄了下來，並以超越肉身的本能改了幾個字讓它更符合我的心境（跟喜歡的女生有關）。我並沒有催眠自己生出第一首夢遊創作詩，我根本不知何為「創作」，僅是純然地對美好的文字致敬。

即使到了紐西蘭，半建構中的文字觀在地球南邊被迫重組，我還是藉由網路聊天，親近中文溝通的節奏與習慣，順便紓解異地的寂寞。當然，這些事都在無意間發生，我並無計畫去維持自己跟中文的緊密關係，但生命中有意義的事常發生在頭腦空空時，空空打字，空空聽歌，空空彈琴，空空寫曲。但自從我的腦袋被創作意識塞滿，一切反而變難。先寫歌，還是先寫字？崔健先寫歌，羅大佑先寫字，那我呢？寫洋歌，還是寫漢歌？每每創作不僅是創作，還是生命大哉問。

越花心思創作音樂，就越難確定自己到底是在寫歌還是寫字。歌詞與旋律，這兩者之間的連帶關係極深。說法，文有文法，樂有樂理。講時間，文句可長可短，樂句亦是。說節奏，文有抑揚頓挫，樂有二分四分休止正反拍。論及難易深淺，文句可被書者化為自由凹槽的心智拼盤於虛空處注入腦水中浮懸閃影予之意義後堆砌，樂句也可充滿密麻不和諧音程亂拍跳點刺激聽覺神經之挑戰性（向某作家致敬）。文可淺詞少語，樂句也能素樸極簡。而這兩者難易的中間還有微妙色譜，深淺只差一度便有新的編號名稱。

直到今日，似乎還是旋律創作簡單一些，或說它容易發生。因為旋律不必解釋，它藏在我們的感情層面中，在理智的包庇之外。但說到文字，這是我們熟悉，擅長，從小到大認可的溝通與表達工具，所以我們對它的包容性很低，它不能出錯，必須永遠晶瑩剔透，像地球上的第一道法律一般正當、合理，不然……

不然……其實也不會怎樣。

還記得以前那段旋律已完成、但文字寫不出來的日子。我坐在沙發上試著抗拒周圍的噪音，想把腦中一圈脫落的零件補上，像創世紀中的神與亞當，或是電影主角與永遠掛在懸崖邊伸手等著救援的弱者，雙方都用盡氣力觸碰彼此，但兩隻手就是搆不上。其實，那是因為我把文字想得過於莊重，而輕視旋律了。音節無語，但不代表它們可以狂飄亂吹，或是毫不具備理性設計的空間。如果我們從小就學樂理，像是學講話一樣，就能發現音樂自然也是語言，樂句也是文章。反觀具備「意義」的文字，一旦落入不同人種的耳中便會失去它們的功能，變回純然的音節。它誠然是一種隱性的旋律，或是毫無意義的聲響。既然錯中有對，對中有錯，倒不如腦袋空空，把字當旋律，把旋律當字，自由發揮。

音樂跟文字，你們倆就玩吧。看是誰想在背上長刺嚇人，還是誰要在頭頂冒出翅膀亂竄；誰要讓人哭，誰要讓人笑；誰要煮今天的晚餐，誰要倒明早的垃圾。隨你們吧。

灣島音樂祭

我的腦中一直留著關於海水的回憶。那天天氣很好，顏色跟舊照片一樣黃但不刺眼。沙灘上很多人，我閃過大人的眼界，兜上泳圈跳進海裡，看著海岸的邊線越來越長，人點越變越小，心裡卻不太緊張。我不明白自己已離岸太遠，海水隨時能夠帶我到更遙遠的地方，等見著救生員急急忙忙從岸邊划水過來，才知道可能闖禍了。但我並未因此懼怕它，反而緣分越結越深。

青少年時期，我在奧克蘭長大。如果有人問起紐西蘭的第一大城是個怎樣的地方，我大都會想起它被海水包圍的樣子，不管身在何方，只需駕車十五分鐘便能看見海浪。沙灘上通常人不多，在奧克蘭，它們只是一條尋常的步道，方便附近的居民去溜狗散步。天氣好的時候，海浪會在沙灘上留下淺藍色的影子，日色褪盡的時候海浪會變成滿天星星說話的聲音。其實它們跟全世界的海水沙灘大概也沒什麼不同，但混雜著我的回憶與情感，就是要美麗些。

回到台北工作後，就鮮少見到沙灘，這座都市離水很遠。我不駕車，不常跨出台北的水泥牆，不知不覺也習慣了都市特有的急迫，連遠行閒遊的心都可以變成一種焦慮。偶爾造訪鄰近的山林步道，會想起海的顏色與聲音，但注意力很快又會飄回到音樂上。

二〇一〇年，網路上流傳著一起即將在東部舉辦的活動，名叫灣島音樂祭。這時我與羊毛、歌德的樂團——安樂團（AAN），剛組起沒多久，欠缺表演經驗的我們第一時間在線上報名後，居然幾天後就在演出名單上看見自己的名字。這是樂團重組之後第一次入圍這種為期三天的大型活動，心裡為了事隔多年終於可以再以樂團名義參加音樂祭而感到振奮。

據說灣島的舞台全部搭在沙灘上，心中想到能面著海浪唱歌聽歌就滿心期待。苦等了將近一個月，活動再不到一個星期就要開始，一天外出，才剛上公車，忽然接到電話說灣島音樂祭因遭到匿名人士的反對，被當地警方強迫停辦。沒想到苦等多年的沙灘，只消一通電話就成了遙遠的夢，這下不管夏天再怎麼炙熱，心頭也是冰涼的。但怎知兩天後網上忽然又傳來最新消息，某位有心人士提供了發電機與器材，決心要把這音樂祭變成不收費的活動，而正式的舞台則改在鄰近借來的農場舉行。儘管沙灘上不能插電表演，但大家還是能帶著木吉他去海邊踩水唱歌，我的心又稍稍熱了起來。

午夜十二點，我彆扭地提著吉他搭著手扶梯出站。明明已經過了末班車的時間，捷運公館站的出口卻站了一大群人，一下子死寂的車廂轉成異常熱鬧的街景，讓人有些錯愕。我趕緊找出相約的朋友，在旁邊的空地圍成一圈等車。人群中我看見幾位樂團老咖，他們都是音樂祭的常客，儘管彼此沒什麼交情但我還是硬著頭皮上前哈拉。上了巴士，老咖一夥坐在車尾拿著酒瓶興奮地唱呀叫的，我不夠大方，沒加入酒局但也睡不好覺，只感覺我們在夜色裡走了很久，等睜開眼睛抵達農場時，天已全亮了。

第一次到滿州鄉，除了農場裡的小木屋以外，這附近沒有別的房子，四周只有任意生長的樹木。一抬頭天色清澈驚人，完全見不著台北天空的陰鬱或污染，我立刻想起紐西蘭，想起那邊滿天的白雲和不會壓迫人的長風。在屋內安頓好樂器，我跟背背便往外頭跑去，撿了幾粒石頭往天上亂拋，好看它們落下的樣子，樹下有兩個女孩在賣她們手作的版畫，我們買了兩塊，便往農場外圍的馬路走去。外頭一點人聲車聲都沒，我靜靜地望著天空吹風，摘了一朵花放在頭上，錯覺自己此生似乎不曾有過片刻煩惱。

正午後巴士來了。樂手樂迷們養足了體力，準備去八瑤灣看一看，那是台灣最長的沙灘，也是灣島音樂祭原本的場地，很多人帶了樂器決定在海邊唱歌。我抓了一瓶從家裡摸出來的酒跳上巴士，選了靠窗的位子坐下。巴士在無人的鄉間行駛順暢，轉了幾個大彎後，便來到通往沙灘的唯一一條公路。眼看遠方似乎隱隱浮現一線水藍，車子卻忽然停了下來。外頭有好幾台後車廂大開的汽車草草停在路邊，所有過客都被攔了下來。道路封鎖無關毒品，也沒有誰被誘拐綁架，警察攔檢只為了確定是否有人在車上藏著樂器或發電機，準備從事音樂活動。兩台巴士的乘客被叫下車在馬路上排排站好，警員一邊盤查車廂一邊要求所有人出示證件，沒辦法證明身分就必須帶回警局處理。這下子所有人的脾氣都上來了，整條路上哄哄響起「來海邊玩誰還帶證件啊」的聲音。警員自知理虧，決定略過證件一事並開放大家步行前往海邊，遊覽車則因體積龐大有藏匿樂器之嫌、必須留在原地。大家的好興致被這場鬧劇壞了一半，我跟背背還有同行的友人在混亂中加快腳步，迫不及待想離開這場烏龍鬥爭。

離開巴士的冷氣還有軟綿綿的座椅，窗外的風景在太陽的照射下變得無比立體濃烈，路旁的樹木擠著無數蟲鳥正大唱夏日之歌，彎彎曲曲的道路宛若是牠們聲波的形狀。我們經過了幾間躲在雜草後面的工廠，找到一間老牌雜貨店，並發現了幾罐在都市絕種的汽水。九瑤灣似乎還有一段距離，但我們不急著趕路，過分晴朗的陽光照在身上正好，我恨不得它燒乾自己身上台北陰沉的影子。

忽然一台小車停在我們身邊，一位頂著黃色長髮的車主探出車窗，快活地說要載我們一程，他看起來像是個衝浪客，車上想必沒有樂器所以能順利通過檢哨。我心中雖然還想再多走幾步，但總覺得沒理由拒絕人家的好意，只好跳上車再連聲道謝，一下子四個人把小車給塞滿了，夏之蟲曲開始往腦袋後頭猛飛，沒幾分鐘我們就到了路的盡頭。

味道來得很快。在見到豔陽下深藍色海水之前，它的氣味已先包圍我的感官。這裡沒有北方蒼老的褐色，九棚的海灘年輕得不見一絲煩惱，地上黃沙光亮發白。風特大，呼呼地把沙子往人身上撒。我把衣服脫下，一頭鑽進水底，終於又變回一隻魚，一隻會吶喊的魚，腦海中所有關於水的記憶都被激活。我在一來一回的波動中，百分之百確定這個星球正在巨大地吐納。良久，回到沙灘時，已不見其他遊客蹤影，只剩背背他們坐在沙灘上吹風。聽說大家轉了個彎，往路的另一頭去了，那邊還有一片岩岸可以泡水。回到路上，遇見一台橘色中古車，駕駛停下問我們是不是來參加灣島音樂祭，原來他是住在台中的電子噪音音樂家，也是這次活動的協辦人，這台像是用嚼過的橘子軟糖做成的掀背車（方向盤上卡著一個塑膠洋娃娃），則是主辦人的座騎，很榮幸能與他們一同馳騁在南台灣的尾巴。

隨著手機再也收不到訊號，我們轉入這條台灣最長海岸線的角落。那裡是一處浪也打不進來的岩岸，一群人或是泡在清澈的海水裡，或是在岸上喝著主辦人用海水煮的咖啡。主辦人剪了一個中世紀歐洲傳教士的河童頭，脖子上有三個圓形刺青，連眉毛也刺成藍色的花紋，這個深愛海水的男人在這裡招待我們，大家坐在他用漂流木搭成的一間小屋前，用「走私」進來的樂器彈彈唱唱。我忽然覺得音樂祭無法舉辦其實是天意，這種遊唱才是最適合這裡的風景。

羊毛開車，載著歌德、小文與大水到灣島時已接近傍晚。一整個下午的陽光跟一波波海浪已使我醉了，但我們必須繼續互相餵食酒精，好像不這麼喝下去的話，就會喪失某種重要的東西。我們是在趕一份作業，一份需要顛狂與失控才能完成的習題。也許搖滾就是一種毀滅性人格的脫序藉口，姑且美化稱之為瀟灑吧，總之我們在碧海藍天的見證下，貪婪地把它一口吞進胃裡。回到農場，白日的溫情已被夜色替代，酒精點燃夜晚魔幻又生動的光影細節，每一吋舞動的線條都是生命與死亡的象徵，是祭司口中的秘咒。

台下擺滿流水席式的圓桌，台上全是搖滾樂的行頭，套鼓、音箱、外場喇叭。平日街坊鄰居也許在這裡唱卡拉ＯＫ，但今晚滿州鄉農場有種地下拳擊場的危險氣氛。這就是了。今夜是我們長久以來期盼的表演機會，在台北之外，在資深樂迷樂手面前，我們像菜鳥業務第一次接到了大案子，希望能力求表現，讓顧客留下深刻印象。忽然我明白，要不是為了在這邊表演，我八成永遠不願意花時間來到台灣偏鄉的角落。思念海水只是一個美麗的藉口，其實自己早已成為都市的奴隸。

演唱開始，樂團輪番上陣。當我在台下準備調音時，才發現自己已經醉到無法辨別琴格的位置，醉到連弦都壓不穩。我震驚地有如坐上了衝出軌道的雲霄飛車，索性把調音器一丟，準備起身直接從飛車上跳出去，絲毫不以為意。吉他音箱在舞台上通了電，傳出嗡嗡聲響，這是它被發明以來就對吉他手訴說的笨拙情話，但我直到現在，才因自己盪在空中無依無靠而開始在乎它。

我把導線對準音箱插孔，灌入靈魂，把音量鈕轉至看不見的刻度，全然地相信它即將為我發出的聲音。等羊毛下完鈸聲，我們將演奏一首自己從未聽過的歌，由低音交疊的和弦組成，電流中迸出的音符在我的神經通路上轟出七彩火花，把我炸入太平洋的海中，那裡有魚群排著完美的隊形向我致敬，柔軟的光線灑在牠們身上，還有海底的石縫之間，但我的視線永遠只有五百公尺遠，因為前面有一道任何光線也透不過的水牆，如果想看見更多，我就得繼續前進。

還有幾個小時就要回家了。九棚的海水還是一樣的藍，我們一夥人結束生平第一次的浮潛，游回岸上，喝了一杯三合一海水咖啡，口中的鹹鮮味沒辦法減緩頭痛。我跟歌德昨晚在無意識的狀態下靠靈魂唱了三首歌（羊毛是清醒的），完全想不起來自己到底是怎麼完成表演的。背背挖苦地說沒有人錄影真是可惜，這話多半帶有這根本是一場不負責表演的語氣。這場無意識的演出，美名是瘋狂，醜名是荒唐，而在那之中還夾著解放。

我看著台灣最美的海水，讓它在我回憶中建立一種新鄉愁的同時並安慰自己，這是一場把靈魂賣給搖滾樂的旅行。我想像搖滾之神像個狡猾的老鬼躲在水裡，偷看我們願意出價的籌碼，而我，情願心甘交出那滾燙的生命，至死不渝。

故事之煙

我跟豬張一起走出大坪林捷運站，來到附近的一棟大樓，裡頭看門的警衛癱坐在藤椅上看電視，大廳內沒有半盞燈，全靠門外的日光照明。這地方看起來像套過氣的精品西裝，有點派頭，要搭電梯上樓還得刷卡，但終究有幾條線沒車好，不成經典。我們跟警衛借了卡片，走進那座燈泡短路的電梯，往頂樓去。

幾天前我在豬張家中鬼混，看見小小的文章登在人力銀行的網頁上，「給求職者的一封信」，標題如是也。跟一般的公司介紹不同，小小在文中巨細靡遺地描述自己的理念與他心中的職場烏托邦，一下把求職者捧上天，一下又把人家當雜碎罵，內容時而正經，時而搞笑，天花亂墜約莫五頁之多，不得不說當時好吃懶做的我，一下就被「職場氣氛佳，薪水高，福利好」給吸引了，但更令我好奇的，是寫了這封如此不守規則、爆笑徵人信的作者。

頂樓一片死寂，碩大的廊廳上堆著一疊又一疊的雜誌，全用紅色塑膠繩綁著，像一壘壘磚頭靠在沾滿污漬的落地窗前，那玻璃極厚，讓照進來的陽光都少了點色澤。我跟豬張順着門牌向右，找到小小八卦社的大門，沒上鎖，裡頭是一條走廊，左邊有一道樓梯，右側是一座服務台，台上擺著一隻會搖頭晃腦的玩具狗，還有一枚響鈴。

服務台內沒人，我們按下響鈴，「請上來吧。」一名男子的聲音從樓上傳來。我們沿著樓梯爬去，到了上面，先是看見一面通往天台的落地窗，這裡的陽光較方才真切亦熱烈。向右一看，有六座辦公隔間，裡頭坐著三四個人，全是女生，她們跟我還有豬張一樣，是年輕的求職者。小小一人站著，身穿牛仔套裝，長髮，頭上頂著一副太陽眼鏡，整個人又瘦又乾但頗有精力。

小小自稱社長，非常健談。他說自己是台灣的八卦之王，曾是某知名報導雜誌的總主筆，全盛時期數字周刊還每周從香港派人來訪問，與之學習八卦新聞之技巧。後來因為前東家內部鬥爭，他被開除後自己創辦雜誌社，現在要辦一本大新店生活誌，集結美食商鋪，活絡當地的觀光經濟。除此之外，他還講到最後這本生活誌如何能成為幫自己賺錢的無形業務，到時候每個記者都能輕鬆月入萬把塊的計畫。詳細內容我早忘了，當時八成也聽不懂。豬張很實際，他覺得小小沒什麼，就是個口氣狂妄的瘋子。我倒覺得他挺有意思。

第二天我一個人來上班，社裡除了我以外，還有一個記者，一個點子很多的高個兒，以及三個美編，她們是三姊妹。小小發了一張記者證給我，說這是免死金牌，看電影可以打折，可以混進任何展覽，還說我戴著棒球帽看起來簡直就是一個記者樣兒。小小平時講話不大正經，飆國罵，開黃腔，但只要扯上文字，他的眼神裡就會浮現一種凝聚力，一種寧靜致遠的感情。我很喜歡聽他描述如何書寫一個撐著傘的男人，如何書寫空中的雨，動詞要多少，名詞又要怎樣，這些話讓我感覺很真實，因為那裡頭有一個人真摯的情感。

一個美編搭一個記者，我們帶著相機跟證件在新店瞎竄。一群菜鳥到處吃飯照相寫字，有好幾天都從早上待到晚上十一點才下班。工作上寫字的部分沒什麼問題，我甚至很喜歡這樣的工作內容，但辦公室裡永遠會有無關工作本身的阻礙，譬如說電腦當機，檔案讀不到，有時候甚至連天花板都會掉下來。電腦壞了，小小說要自己修。他不時會提起自己一輩子做過一百多種工作，這世界上沒有他不會的事情，當初這個辦公室跟個鬧鬼的廢墟一樣，全靠小小自己鋪瓷磚，裝天花板，修門把。搞不好連水管都是他自己挖洞裝好的。

一天晚上辦公室裡只有我跟小小兩人，我好奇地問了他是否住在新店。

「你想知道我住在哪裡嗎？」他領我走到天台。

除了在霓虹光圈的夜色中看見一座人工池塘（當然是小小親手做出來的）之外，這裡跟一般大樓的樓頂沒有兩樣。辦公室的外牆有一道梯子，沿著上去，一般來說會看見一座水塔或天線之類的公用設施，但擺在這棟水泥方塊頂端的，是一座小木屋。原本我以為那是一種新穎的水塔造型，爬上去之後才發現，那確實是一間裡頭有床，還有廁所的一間小屋。

小小沒有告訴我他是如何把小屋弄上來，彷彿那是不可洩漏的秘密，他只說這小屋是二手的，價錢便宜，來自某經營不善的度假村。木屋內只有一盞黃燈，我坐在小小的床上，看他手裡敲著破爛的筆電鍵盤，講起自己如何從六歲開始流浪，從小住在學校樓梯下的三角洞裡。家窮，唯一的興趣就是看書，小學六年級就把整個圖書館的書都看完了。他考上建中，除了國文以外，其他科目都奇差無比，但他有本事能跟所有老師打好交情，順利畢業過關。接著他開始工作，混酒店，混黑道，到了二十六歲奮發圖強考大學，三十一歲輔大傳播系畢業，成為雜誌業的八卦之王，但最後卻被心愛的女人背叛，被黑道追殺……無窮無盡的故事從小小的口中吐出，一千零一夜，一千零二夜，所有已知的劇情都在他身上發生過，甚至更誇張。故事之神極偏愛他，如果小小清晨如廁時誤闖異次元，展開一場神秘的大冒險，這對他來說都跟溜狗散步一樣正常。

這樣就不難理解，為何像小小這樣的人，沒辦法擁有一部運作正常的電腦，沒辦法正常營運一家公司，以及最終為何他會發現那三個老家在桃園上來台北工作的三姊妹之中，二妹居然是前東家派來的臥底，只為了要癱瘓小小八卦社的運作。一個人非得擁有故事之神的眷愛，不然沒可能身陷上述情境之中。小小是被鍾愛的，他不只會寫字，還具有一份無情指控他人的力量。面對小小的辱罵，二妹得知自己已從新進員工變成老謀深算的商業間諜，她沒辦法接受故事如此轉折，難過得哭了，大姊起怒，跟小小在辦公間吵了起來，最後大家不歡而散，大新店生活誌終究成了一本虛幻的刊物。

我之後再也沒見過小小、三姊妹，或是任何當年一起短暫相處了一個月的同事。我們的相聚僅是故事之神不確定的一段備胎註腳，哪天祂發現手中那幅億萬片的故事拼圖中，多出了一塊令人意外、微小的空缺時，可以將我們塞入，好讓拼圖上不要有一塊惱人的洞。事隔多年，我也不知小小是否還住在那間樓頂的小木屋裡，依舊在那盞黃燈下，獨自從口中吐出如夢似幻的故事之煙。

金寶

金寶是一個很有個性的人，說話反應極快，聊天時總是能找到意想不到的笑點逗大家爆笑。他也極有主見，總是意志堅決地做某一件事，從彈電吉他、寫詩、打電動到重量訓練，不論文武，他都能做到一般人的水平之上。在我剛開始接觸樂器的時候，他已經能把一首首情歌彈得滾瓜爛熟，也頗有歌藝，嗓音清亮，有一種張雨生的老派深情。他還是我認識的朋友之中第一個會寫詩的人，我仍然記得那天我讀著他電腦裡的文字檔案，聽著他解釋那些迷幻文句的動機與意義。

有一陣子金寶迷上了爬山。但光走一般的登山步道不行，他最痛恨人工步道，說要爬山就一定要從平地開始爬，絕不坐車。第一次我們就爬七星山——台北最高峰。我們一早從劍潭捷運站開始走，一路爬過紗帽山、擎天崗，到了七星山登山口時我已氣喘噓噓。半路上，我們看見步道旁有一座小山壁，金寶說路要往這裡走，一跳抱攀著山壁往上爬。我也像隻青蛙跟著一跳，等最後我們要下山時天都快要黑了。

第二次我們約爬新店獅頭山。這次多了一位跟金寶一樣熱愛爬山的陸狂，還有一位跟我一樣菜的尼奇。我們四人在新店捷運站集合，早餐後出發，花了兩個小時走到登山步道口，再花四個小時爬到獅頭山頂。這時剛過中午，儘管獅頭山頂景色遼闊別致，還有一道八九十度垂直的天梯可以爬玩，但這究竟是條人工步道，過於溫情軟弱，難以滿足金寶的口味。下山之際他發難了。當時我們走在一條康莊大道上，他見路旁的樹叢中有條小路，便領我們走入，信心滿滿地說下山要走這條。

沒有工整的木板讓人踩踏，或是方便登山者攙扶的把手，這是條鐵血、崎嶇、凹斜的山路，不時能在樹枝上看見某登山隊做記號用的塑料條。我半信半疑地跟著金寶走，心想這路是往下降沒錯，只是方才在大道上眺望還能看見遠方有樓房，怎麼現在望去盡是茂密的樹叢。

我們遇見一面崖壁，濃密的樹林頓時被挖出一大虛空，豁然開朗，整片翠綠的山谷在藍天的映照下顯得特別壯麗，也有些恐怖。這時我們很確定這條下山的路會非常漫長，因為放眼望去跟亞馬遜叢林似乎沒有兩樣，而我們就算想回頭，一路左彎右拐也早已認不出來時路。我瞧見有人在壁上放了一尊小佛，還在它前面放了小茶杯奉香，心想這人可真夠浪漫，居然能找到此得天獨厚的一隅供佛打坐，看來下山之路也不怎麼荒謬。

這條小徑偏僻歸偏僻，還是有點人氣，看著被踏得禿了的黃土，我們都明白那是人走過的痕跡。不久後我們在斜斜的山坡上找到一塊躲避球場大小的平地，上頭鋪滿了落葉，還有一圈營火燃燒後的痕跡。我不可置信地望著這團木炭，想像有一群山友早在這裡露營了十次百次，而我們今天要不是靠蠻勁誤闖，不然永遠不會發現這塊空地。

就在我思索再次回到此地露營的可能性時，我們才發現先前的黃土小徑沒了，四周只有密密麻麻的樹木，與一股隱隱約約的水聲。「只要找到水就能下山。」金寶講得似乎是要去路口買碗麵吃一樣。他說完便朝一道將近六十五度的斜坡滑去，我們別無選擇，只能跟他一起邊滑邊踢，盡可能破壞任何阻礙我們通行的障礙物。

水聲越來越大，在滑行的終點，我們發現了一座階梯式、布滿大小岩石的瀑布。我很慶幸它不是一座懸崖，要不然我們可能得像動作男星一樣跳下去。我們深信自己已經接近平地，開心地一級一級順著瀑布往下跳去，但過沒多久就發現這瀑布不容輕忽。它的每一道水流裡都藏有幾個窟窿，我一連踩了五六個，摔得半身濕。而這瀑布的能耐遠不只如此，有幾次我為了保持平衡，便伸手往一旁的矮樹抓，但才握住就發現這條木幹中空。更絕的是，它的身上還長滿密密麻麻的小刺，一驚我又噗通一摔。

終於探到底了，但我們沒有感到重回平地的喜悅，因為我們漂在一條小河裡，在一截水泥管之中。若你不是忍者龜，大概不會特別對水管有太多感情，但我不得不說，被困在山中幾個小時後，這條文明、人性的水泥管確實讓我感動。

水位退低，我們走回了一個較為正常的情境，一條堆滿鵝卵石的溪流，但我們對滿地的石頭不感興趣，所有人都像中邪一般死死盯著右側的高地。那上頭的雜草幾乎跟我們一樣高，它們的間隔緊密到連一隻小貓都跑不進去。並不是我們愛上了這些見鬼的雜草，我們在乎的，是立在它們之中的電線杆，能帶我們回到文明的指標。

陸狂發威，拿出陸戰隊的水平在鵝卵石上狂奔。我搞不懂他是哪來的體力，我都快餓壞了，但只剩一顆蘋果，要留到最後一刻。好在尼奇眼尖，瞅見雜草間有一條小路，我們連滾帶翻地爬，就怕一慢，這條路就會像煙霧一般消失。在這條路上，我們找到一棟廢棄的透天厝，裡頭長滿雜草，旁邊還有一塊無人照顧的小墓園。金寶嗆說，是真男人就要在這裡住上一晚。但包括他自己都明白這是瘋話，我們所有人都累垮了。我想，真男人的問題就留給美國片商去煩惱吧。

終於，在整整十二小時之後，我們踏上平地，走上一道平凡無奇、由瀝青鋪成的馬路，它跟所有都市裡的馬路一樣，既人工又平坦，但沒有任何一條路比它還美。這時天已全黑，我們看見前方有一道鐵門，上頭寫著「三峽水源處」，看守的警衛不可置信地看著我們，卻也沒搭話，可能沒辦法確定我們是人是鬼，不知道是從哪冒出來的。

大路上，我想也不想就伸手招了一部計程車。也許金寶認為我們應該要走回捷運站(天曉得是哪一站)，但我跟其他人只想癱在軟綿綿的椅墊上。

從那之後我再也沒跟金寶爬過山，聽說他現在迷上騎腳踏車，有自己的車隊，還拿了好幾座獎。

作場團

我加入作場團大概有兩個原因：一是增加收入，從新竹搬回台北之後，平日上午我在幼稚園當兼職英文老師，但課堂數並不穩定，為了開源，我決定利用周末晚間作場，好彌補白天沒有上課的時間。第二個理由則比較夢幻，我希望能為自己又髒又苦又窮的地下樂團注入靈感。

為了從地下走到地上，我一直盤算要挑些流行歌秘練，期望在模仿金曲的過程中能找到「如何寫出爆紅歌曲」的訣竅，無奈團員（包括我自己）都很忙，白天忙上課晚上忙寫歌，實在抽不出空，而且就算有閒，大家大概也不太願意花時間練習當紅藝人的歌，怕給人知道了會被笑話（要知道非主流與主流是有心結的）。

淺略解說一下「地下」與「作場」樂團之間的差異。

單從外觀來說，因兩者都操控西洋樂器，彈奏西洋音樂，所以很容易被混為一談。地下樂團之所以被稱為地下，其實是被貼上一種過度聚焦於市場效益的階級標籤，對許多愛音樂好文化的青年少女來說，這些自己寫歌自己唱、極具個人主張的樂團，該被正名為「獨立」與「創作」樂團才是（這裡為了娛樂效果還是用「地下」稱之）。

而比起地下樂團，作場樂團顯然比較「地上」，他們從穿著、台風到音樂都與主流靠攏，以流行為重，鮮少建立過於自我的風格，遑論演唱私人創作。由於作場團大量演奏不同風格以及能娛樂觀眾的口水歌，通常音樂技術較為豐富，「音樂」收入相對穩定。

不論是哪一種樂團或樂手，若要徵團員多半會在網路上留言。以地下樂團來說，大約百分之九十的尋人文章都在找會創作的樂手，或是從模仿開始但最終還是要能創作。而徵作場團樂手的文章則比較稀有（多求女主唱），除了要求樂手需有良好的演奏技術外，甚至還要能帶動氣氛。

所以，儘管地下與作場看似同流，但兩者全然不同。而這兩個世界的樂手也少有交集。至於還沒有自己的創作、也無法外出靠口水歌賺錢的樂團，則另有天地，代號「學生」或「玩票」團。基本上，我當時從沒想過兩個音樂圈之間有潛規則存在，所以我沒有任何作場與創作上的情結。一日，在知名音樂論壇中見到有人發文找「作場團」男主唱時，我立刻回覆了文主，告知自己有興趣試音。

試音那天，一共有四位歌手在練團室外等著試唱。儘管樂團開的三首歌裡有兩首我不太喜歡，也沒練得很好，但仗著自己已在「地下」玩團多年，便暗暗臭屁起來，心一橫就打算撒賴硬上。

一進練團室，四壁烏黑，整個樂團加上親友與即將離團的現任主唱，一共有六到七個人。我拿起麥克風唱了幾首與他們要求的品味不符、但紅透台灣大街小巷的西洋搖滾歌曲。這些音樂高亢有力，主旋律更是以太空計畫為藍圖，飆高再飆高，直到衝破大氣層或震崩人神經為止。第二天，我收到作場團樂團傳來的訊息，說他們已找到別的人選，但感謝我前去試音。兩天過後，我又收到一封訊息，說他們的新主唱不知何故無法配合樂團，希望我能再與他們練唱一次。就這樣，雖然屌兒郎當但我還是出軌成功，得以一窺與「地下」不同的樂團世界。

因為玩團，我常在公館附近鬼混，但一直沒發現捷運站附近就有一間提供現場音樂服務的吃到飽美式餐廳。該餐廳鄰近校區，位於二樓，餐點以西式油炸食品為主，客群以來聚會的學生居多。而客人除了可享用洋派快餐外，還可在裡頭任意喧嘩，敲桌爆笑，這項特點相當受到學生青睞。有時我甚至不禁懷疑，現場音樂演唱會不會其實妨礙了他們社交的興致。

第一天我們上台時，晚餐的食客加起來沒有一百也有八十，面對舞台還有一桌學生，人數大概三十上下。一般來說，地下新團如有聽眾三十便小有成就，有百人便是票房穩健，但對在餐廳的作場團來說，用餐尖峰時間聽眾破百不過是家常便飯。對地下樂團出身的我，這個尋常的作場表演是一大文化衝擊。我已久未面對超過五十人的聽眾，上台時有些緊張，腦中因刺激陷入了「地下」與作場團的矛盾中。我告訴自己，身為一名認真樂手，千萬不能被眼前的數字欺騙。台下聽眾八成是為了食物與氣氛而來，他們不似地下樂團觀眾那般對歌曲認真。撇開音樂素養只談經濟效益，三十張門票如果一張賺一百，除以基本樂團人數五人，地下樂團一人可賺六百，但作場團為一百人唱歌，鐘點費只得一人五百，後者頂多贏了面子沒有裡子。所以我該明白這些觀眾其實不是觀眾，他們多半是不在乎音樂的空殼。但這一百多個殼坐在台下，看起來還是很美妙，身為表演者的虛榮此刻被滿足得很徹底。

音樂響起，我們發出的聲波終究蓋過底下食客的嘈雜。我為我們的強硬感到有點不好意思，只能盡力把歌唱好，或看情況說些不入流的爛笑話。地下樂團愛耍酷，像貓一樣孤傲；作場團則是狗，盡可能讓大家開心。整晚的最高潮，是當我們唱到〈自由〉的時候，台前三十名學生盡數舉起雙手，跟著我們的音樂一起擺動，這樣的景象對我來說，簡直是神蹟顯現。同一個我，身為地下樂團主唱時觀眾稀稀落落，身為作場團時卻被捧得天高，心情五味雜陳。我又是心虛又是虛榮又是感動地看著那群學生，腦海中浮現一個真誠而卑微的願望，希望有一天能寫出一首讓他們這麼快樂的歌曲。

收工，我們在餐廳外頭集合。鼓手是團長，把當晚的鐘點費給我。他是一個責任心很重、很認真經營樂團的人。「我聽我的前輩說，地下樂團都是在燒錢。」他知道我還有一個團，所以說了一番不知是想寒暄還是挖苦我的話。我把手上的五百塊放進皮包裡，心裡有數，錢是每個人都在燒，而我真正在乎的是能不能寫出一首燒人錢的經典名曲。

也許命中有數，或是魚與熊掌不能兼得，我的作場時光很短，演出壽命僅僅三場。後來為了參加一個電視節目的錄影，沒辦法固定練習，只得退團。最後一場表演是在金山的一間牛排館。該餐廳在庭院間備有音響器材，我們就站在樹下唱歌，娛樂食眾。當天女主唱抱病號，請了另一位女子代班，渾身都會派頭，頗有一副「就怕你不知道我很會唱歌」的氣度。當晚有一桌客人頻頻向我們點歌，並要求台語歌曲，無奈我們台語歌準備不周，只能硬用不輪轉的口音唱一首〈快樂鳥日子〉後頻頻抱歉兼說會改進。演出空檔，代班女主唱不斷勸我不要亂說話，小心被剛剛那桌客人毆打。我朝台下望去，只見該桌客人雖已酒醉，但無威脅，我不禁開始想像女主唱的作場經歷，是否曾在深夜時分被某位大哥或大姐盯上。又想到作場團嚴禁跟歌迷要電話或發展曖昧關係，是不是因為那樣的行為常會引來血光之災。

曲終，我從代班女主唱口中的「準格鬥區」中收到小費，依照慣例得前去敬酒致謝。當時那桌客人已酒過三巡，氣沛聲大，但我終究知道那是他們的可愛，說話叫喝不帶心眼，只不過是想聽聽自己熟習語言的歌曲。其中一名媽媽問我是否每天都在這裡唱歌，我回說每隔周的周日，她便喜孜孜地說下次要帶她女兒來聽我唱歌。我已經很少當面受到這麼熱情的讚美，來不及反應，只能又笑又謝，而我的心是飽滿的，因為最終光明戰勝黑暗，田鄉的讚美勝過都市的誤解。

退團後，我再也沒到過那間餐廳，也不知那位太太是否如言而來尋我歌唱。常常想到此事便不免有點愧疚，覺得辜負了一位想聽我唱歌的人。而我在心中也不斷督促自己，發誓有一天一定要讓她聽見我的音樂。

電視

從玩團開始，大約參加了十幾場大大小小的比賽，但不一樣的是，「創作天團」是台灣第一場在電視上播出的樂團比賽。雖然我們已小有競賽資歷，也熟悉這種受美國影響的音樂節目，但一想到要上電視，我還是難免緊張，畢竟那是電視，是我們一輩子看著所有明星表演的地方。

第一階段的入圍名單在網路上公布，安樂團用國語創作的歌曲被評為「創新的台語歌」。沒人知道為什麼，總之我們獲得進入攝影棚複賽的資格。我平時少去內湖，從未到過中天電視，本來擔心會迷路，但公車剛下高架橋，就發現電視台在車站旁邊，由一片片巨大玻璃組成，上頭沒有任何刻著中文字的招牌，只有一個碩大無比的旺仔圖樣，教人難以錯過。這是我第一次在食品包裝之外的地方看見它，因為尺寸巨大的關係，旺仔看起來比平常更為慘白，加上往上吊起的雙眼，看起來像失了魂。

一進電視台，便看見櫃台上方吊著四五台電視機，全在播放中天頻道的節目。我跟羊毛還有歌德被警衛要求登記姓名與資料，上了二樓。大廳裡已塞滿各路樂手，大家各自讀著一份剛拿到的合約，讀完後，我不太確定自己到底得到或失去了什麼音樂上的權益，但為了能上電視，還是草草在紙上簽名。等到工作人員喊出號碼，輪到我們進攝影棚準備晉級賽，站在臨時櫃台後面的阿姨叮嚀我們裡頭很冷，以後要記得穿外套。我們通過一個被許多知名節目的道具占滿的走道，一個輪盤後頭寫著「康熙來了」，還有一塊紙板寫著「小燕有約」，這些勞作雖然無奇，但想到它們的演藝資歷，便忽然覺得它們有血有肉，像是幾個等著上工的老演員。

攝影棚很大，裡頭溫度很低，像個冰庫一樣。這個巨大的黑暗空間中沒有半點聲音，只有幾道黃光款款落在舞台上。我強忍著哆嗦，拖著樂器上台，感覺自己好像站上了巨大機器人的駕駛座，在控制台上看著自己的影子被黃光鋪長，直到它被周圍機械的黑影吸收。評審台在舞台右邊，我們認出幾位之前因比賽而常見的評審，看不清他們在黑暗中的表情，甚至不知道他們有沒有認出我們來。空中靜極，當電流通過效果器時，我似乎能聽見它發出騷音嗡嗡。我們選唱了一首為了八八風災而寫的歌，前奏空蕩冰冷，跟這個攝影棚的氣息一樣嚴酷，但我也在它之中藏留一道黃光，在刷入副歌和弦時暖暖溢出。台下有五位評審，此時只有他們能聽見，也只有他們能決定，是否要讓更多人聽見這首歌。

複賽名單公布，我們落選了，連失望都來不及，卻又在兩天後接到主辦單位通知我們參加錄影，原因是有入選樂團拒絕演出，我們則是候補第一順位。錄影隔周一次，一次兩天，得花掉整個星期六、日的時間。當時我剛加入了一個作場團，活動都排在周末，該團的鼓手責任心很重，他認為如果我只能隔周演出，對作場團的長期運作會有不良影響，於是勸我退團。星期日的晚上我還有大門老師的課要上。雖然很怕老師生氣，但我還是硬著頭皮先跟他隔周請假，老師倒沒有太大反應，只說了一句「你先去看看吧」。

錄影開始前兩周，我們去了一趟主辦單位的工作大樓，為了在節目上的造型、歌曲，還有樂團陣容開了一次會。安樂團當時是三人編制，只有我跟羊毛還有歌德，工作人員說明，在節目正式開始之前我們還可以改變陣容，也許可以考慮再找別的樂手來幫忙，好豐富音樂。當時安樂團剛起步不久，我對自己的編曲及彈唱能力還沒什麼自信，便接納了主辦單位「揺人」的建議，在一番討論之後，我們決定找柯顆來幫忙，此人是迴聲社出產的音樂狂人一枚，除了能彈奏吉他、貝斯外，還會用口技模擬沖天炮以及喇叭的聲音。羊毛在主辦單位樓下的便利商店裡撥了通求助電話給他，柯顆沒多說什麼就答應了。

主辦單位沒有訂下明確的主題，只說一開始不能表演自創曲，得選一首時間適中、不要太冷門的歌曲來演唱。我一心想詮釋具有台灣文化的搖滾樂，很直覺地選了林強的〈向前行〉，並把它改編成柔性的版本。我們跟柯顆約在新竹練習，他幫我們多配一部和聲，大家都很滿意這樣的編制。一旦對音樂有所掌握，我心中對上節目的壓力就相對小了許多。

錄影當天到了電視台，每個樂團輪流進藝人休息室梳妝打扮。儘管主辦單位已經叮嚀我們要把最好的行頭穿出來，無奈我們在服裝上的心思花得太少，不管再怎麼努力，還是看起來像個學生或路人。還好羊毛人高馬大，光是吹完髮型看起來就很稱頭，其他人則在造型師準備的衣架旁又脫又換，想辦法讓自己看起來像個標準的搖滾歌手。

正式進入攝影棚，這裡的氣氛已與前日不同。雖然空氣中還是像飄了一層冰霧，但所有機械都已褪盡邋遢，精神抖擻地揮舞手臂，灌滿電流，準備在一股轉瞬而逝的人海波浪中，全力捉出下一個時代的巨星。舞台約一米高，兩位知名主持人站在上頭，台下五位評審全是風靡一代的歌手與製作人，明星四匯，攝影棚被燈光照得金碧輝煌，像是雲中神殿一般。我笨拙但誠懇地上台，不知該對著鏡頭說些什麼，棚內所有人數大概不超過五十人，但沒人知道攝影機的那隻獨眼到底代表多少雙眼睛，它只是牢牢地盯著我。燈光降暗，攝影棚再次顯現初時靜謐冰冷的氣息，但我們都知道這隻野獸全然醒著，牠正躲在草叢裡觀看我們是否有獵殺的價值。

歌聲響起，一首紅遍九〇年代台灣的台語歌從我體內發出，我們終究唱了台語歌。我已身在台北，沒辦法隨曲中人的腳步繼續前進，但我的精神是渴望的。「不管如何，路是自己行」是我最喜歡的一句歌詞。

花了一整天坐在攝影棚外枯等，只為了不到十分鐘的錄影，曲畢，我們獲得讚美，編曲的創意雖被評審認同，但我也被批評音準要再更穩一些。

安樂團開始隔周錄影，分別改編了〈愛人同志〉、〈流浪到淡水〉，但一直沒機會唱自己的歌——那首為八八風災而寫的歌。就在主題是以自創歌曲參賽的兩個星期前，所有樂團被約至節目主辦人的工作室試音。因為安樂團的歌是我寫的，就由我代表樂團赴約。當天我遲了五分鐘才到達位在西湖的工作室，櫃台小姐稱讚我還算優秀，上個星期有人遲了一個多小時才到，讓主辦人相當生氣。聽到這種讚美我不知該羞愧還是高興，只能坐在椅子上邊擦汗邊傻笑。

過沒多久，一位肥胖高大的中年人從地下室走了上來，叫我拿好歌詞進錄音室試音，他是創作天團的節目金主，頭大髮短，戴著一副細框眼鏡，平時是一名古典聲樂家。我沒時間問他為什麼唱古典卻想做搖滾樂節目，只一古腦走進錄音室，大聲地唱出惡水淹死人的故事。試音結束，他問我這歌做來幹嘛？是要寫給別人唱的歌嗎？我沒辦法回答這些問題，因為我沒想過寫歌是不是要給別人使用，或者只是為了述說一個水災的故事。但我猜想這位金主是想知道這些即將晉級十強的樂團，是否值得他花錢投資。

最後一次登台，主題是情歌。我們選了John Lennon[36]的〈Imagine〉。為了要與之前的編曲手法有所區別，我們這次用電子音色設計了一套工業節奏。由於我們從未試過演奏電音，錄影當天，羊毛再三確認電腦已備妥，試音時也確認電腦能播出無誤。但正式錄影時，也許是Lennon大哥在天發威，或是機器們私下決定要讓我們出局，在歌曲該充滿金屬撞擊的節奏時電腦卻喪失作用，就像游泳池的水瞬間被馬達抽乾，我們奮力一跳而摔斷了腿。結果落敗。我們的螢光幕之旅非常短暫，但每次等待上螢幕的時間都極為漫長。回到正常的生活之中，我雖然失望但也慶幸。

其實我最擔心的是節目拖久了會趕不上大門老師的課程進度。還好最後老師只說了一句，「你現在知道是怎麼一回事了吧」。

36 John Lennon（一九四〇—一九八〇），一位超脫音樂的搖滾音樂家，其影響力無遠弗屆，為西方文化象徵的代表之一。其所屬的披頭四樂團風靡全球，與團員Paul McCartney的合作，堪稱二十世紀最傑出的創作組合之一，並創作了「搖滾史上最受歡迎的歌曲」。

意料之內與之外

事情發生在很普通的一天。

幾個月以來安樂團在板橋練團，那天因為下雨，練團室裡飄著一股霉味。也許是潮濕的水氣造成一台音箱短路，現在只能發出一種像是呼喚外星人的電波聲，我們當它是一張很多轉鈕的椅子，丟在角落。

這裡跟台北絕大多數的練團空間一樣，藏在地底，很符合「地下」樂團的氣質。特別的是，這家店的櫃台是一個長吧台，但我們通常都約在中午左右練團，從沒看過店員在這裡賣酒。

有人曾笑我們這麼早練團實在太乖寶寶了，要小心一點不要讓別人發現。中午十二點半，店裡空蕩蕩的，只有一個工讀生在吧檯裡吃麵，全世界只有她知道我們的秘密。

我跟歌德趴在地上接電線，從樂器接效果器，到效果器接音箱。我不懂古物，但有時我會覺得自己像個考古學家在修補遺跡。把所有玩具接好再加試音大概會耗掉半個小時，這對一個窮苦的樂團來說很不經濟，但無可避免。

羊毛來電說他會晚一點，沒有人有意見，因為我們永遠都在遲到，每次輪流而已。二十分鐘後他到了，本以為等他拉拉椅子轉好鼓皮後就可開始練團，但他那天有話要先跟大家說。

大概就像電影劇情那樣。羊毛跟唱片公司簽了約，他必須要離開這個樂團了。

時間很老套地停頓了兩秒鐘。

我突然情緒化地指責他，「你怎麼能背叛我們投靠主流！」接著便揮起拳頭與酒瓶，他一腳踹在我臉上。我滿臉鼻血倒在毀損的樂器屍群之中，樂團不歡而散。

沒事。這一切都沒發生，那只是符合搖滾樂的想像。我們是乖寶寶，大家繼續練團。

我跟歌德沒有多說什麼，只同意也祝福他的決定。我們都知道羊毛為了玩樂團而休學，比起卡在一個發霉的地下室裡，跟唱片公司簽約無疑是一條更好的出路。雖然已經沒有練習的必要，但安樂團還是照常把所有歌都跑了一遍。外頭還在下雨，我一腳踩下破音效果器的開關，軟綿綿的吉他和弦變成裂成在空氣中晃蕩的雷音。時光移動的速度被一首又一首鬧烘烘的歌曲標示出來，那是在暗示流逝與死亡的青春吶喊，但我的心裡卻感覺異常安靜，也許我們把這次練團當成是一種儀式，紀念這幾年來在新竹的回憶，一段堪稱是「末段青春」的歲月。

鼓手離團，這下只剩兩個人。

我的思緒開始大洗牌，盤算起替代人選的可能性。我跟歌德在台北玩樂團的資歷很淺，認識的人少，臉皮又薄，很難從別的樂團找鼓手幫忙。迴聲社的磁尾是不錯的人選，但他人在新竹，並且剛加入了暗流，要他一次遠距離玩兩個樂團似乎太勉強。如果用電腦編曲代替真鼓的話，我跟歌德沒有研究過那方面的器材，也不打算忽然把曲風變得那麼「電」。

諸多問題像高牆在我腦中拔地而起。

要不，放棄吧？

我不敢說自己有沒有想過這麼恐怖的問題。也許我有瞥見它在我腦海中飄過的影子，但在它成形之前，我忽然想起本土天團五月天的組團建議。

從身邊親近的人開始。

於是我想起阿那其。

二〇〇九年春末，被夜色籠罩的東門城像一顆橘紅色的心臟，這裡是新竹市區極為重要的一個圓環，也是迴聲社每年成果發表會的場地。台下坐滿了吆喝鼓掌的觀眾，樂手在台上用火熱的音波撞向大家。旁邊的地道擠滿了練街舞的學生，圓弧形的走廊中頻頻傳出肉感的嘻哈節奏與步伐聲。聲音摩擦聲音，每一塊城門的老磚都因年輕的躁動而獲得生命。

我跟拿乙，還有幾位新竹當地的樂手窩在離城門較遠的一端抽菸。瘦瘦的阿那其混在裡面，他在新竹讀書也組團打鼓，看起來像是武俠小說裡的腳色，一個混江湖的茫然小生。他跟他女朋友咬咬每年都來東門城看表演，當時聽ＯＸＹ的歌已聽了好幾年。這是我第一次見到他們，也是第一次被不熟的人稱讚，但我的心情很複雜，因為ＯＸＹ已在幾個月前解散，等一下的表演是全新的三人組合，也是我得自彈自唱的處女秀。這難得的歌迷留不留得住，還要看三十分鐘後的表現。

在同樣的舞台同樣的觀眾前也表演了三、四年，但很奇怪的是，當身上多背一把樂器上台時，一切都變了。我忙著看電源插座在哪，考慮吉他要接到哪顆音箱，喇叭怎麼沒有聲音，是電源接錯了還是導線壞了？學弟、學長、學妹（沒有學姊，似乎不太意外），所有人都在盯著我們看，看我們的樂團從五人四人到現在的三人，還能搞出什麼名堂？我想我大概看起來像一個狂冒汗的蟾蜍，沒辦法搞定滿地亂串的電線，好想往回一跳，躲進以前那個什麼都不用管，只顧著唱歌大吼的日子。

但我很明白，失去的時間再也不會回來。

當音樂響起時我變得無所畏懼，也許是因為我很熟悉自毀，不介意自己像蛋液從碎裂的殼裡流出來。而歌德跟羊毛是很值得信賴的樂手，他們準確的節奏點像一張大網，讓我可以安心地躺在裡面。安樂團到此為止只練了三個月，也只寫出三首歌，所以表演時間不長，但舞台上的熱流與壓力已從我體內擠出了一桶水來。我沒辦法分析自己表現得如何，但我知道自己腳踩不準效果器的樣子應該夠滑稽的。

表演完畢，我在人群中找到阿那其跟咬咬。咬咬是個嬌小的女孩，頂著妹妹頭瀏海，看起來古靈精怪。我問了兩位粉絲的意見，他們應聲說好，天色很暗，我沒辦法讀出他們眼裡的色澤是黯淡還是光亮，只能將就相信那裡面有留給安樂團的希望。

回到那場悼念「末段青春」的練團結束後，我在捷運裡回憶著，突然想到自己根本沒看過阿那其打過鼓。

這樣行得通嗎？他打鼓的技術如何呢？眾多疑慮像蒸氣不斷冒出，但我立刻在腦中把它們吹散。

管他的，人比技術重要。於是，我跟歌德決定下個周末約他出來談談。一個月後，我跟阿那其還有歌德在練團室裡碰面了。

占卜

忘記是哪一部電影，或是小說情節，有一個吉普賽人看著從茶杯裡溢出的水紋，為某人占卜命運。我很喜歡這種神秘兮兮，喜歡預兆，像是杯子無緣無故裂開，暗處冒出一隻黑貓從我面前經過，或是一直拿到四十四元的發票。我喜歡這種將隨機的事物當成某種命運暗示的假設。但我並不迷信。我把這視為娛樂，一種與宇宙連結的娛樂。

我從來沒想到這會成為一種占卜，達達主義式的占卜。最初我認為我會找到一個共通點，一個我與這只杯子的共通點。這件事已經在我的腦袋裡運作了四五年，起源於我相信自我與世界是一種外表疏離、但因緣緊密的關係。我相信只要把洞挖得夠深，就能發現自己與身邊所有事物的共通點，哪怕是一只成天待在櫥櫃裡、沒有生命、不會呼吸的杯子，我都會發現它其實與我沒有多少差別。

既然這是一種即興的行為，那就沒有理由不用桌子，不用椅子，不用另外一個印有小人圖樣的咖啡杯，而非得用這只藍色玻璃杯不可。老實說，我本來想研究的是另一個黑色的馬克杯，但我在新竹上班時把它搞丟了。當我尋思要用什麼代替它時，第一個想到的就是這只手掌大小的藍色玻璃杯。

一旦在腦海裡出現那個東西，那就不要懷疑，相信直覺是這個遊戲的唯一規則。

這玻璃藍得發紫，首先我想搞懂的是為什麼它是這個顏色，於是我在電腦上搜尋「blue glass」，才發現它叫鈷玻璃，可以拿來過濾火焰的黃光。我立刻找出打火機，把杯子抵在眼睛上對著火看，果真火焰只剩下白藍紫三色，反而有一種寒冷的感覺。這時我發現，這只毫無花紋、圖樣、商號的杯子底部，印有一個小小的號碼，43。

我找出書架上一本關於藍色的書，翻到43頁，上面寫的是亨利·米勒對性愛的描述。

「我彷彿是一隻海豚，躺在牡蠣遍布的海岸。」

在巴黎社會底層鬼混的美國作家，我完全明白他為什麼喜歡跟一群落魄的角色混在一起，因為那樣才看得到生命最骯髒卻真實的一面。這跟安全地坐在潔白的辦公室裡不同。並不是說一個人待在整齊的隔間裡沒辦法學會生命的任何事情。每個人都有不同的個性與命運，有的人就是珍惜墮落，能在黑暗中找到生命的真諦。

底層、藍色與性事，自然而然我想到藍調，苦難暴力的調情之歌。我選了一本藍調的書，放了一首記載在43頁的音樂來聽，叮咯叮咯，歌者高唱要跟某個女孩共度春宵。我選了一本關於性事的書，翻到43頁。

「對於神奇的事不把它當一回事，那才是愚昧的象徵。」

這是薩迦班智達說的，我根本不知道他是誰，搜尋後才知道他是藏傳佛教薩迦派的第四祖。不知道所謂愚昧的象徵是否就代表愚昧，或那只是愚昧的可能性，而到底什麼事才算神奇，什麼又不算。會不會最後所有的事都一樣神奇，奇蹟普遍到讓一切無可避免地歸於平凡？

我又往書架上看了看，發現一本藍色書背，探討憂鬱與靈性的書。在第43頁上，有一個名叫盧卡夫的人說道：

「你的經歷類似美國原住民對異象的追求，好比巫術。」

印第安人的異象追求（vision quest），是一種一至四天不等的野外獨處時間，讓自己與地球最基本的元素溝通、相處。當然我不可能知道 vision quest 是什麼，這是從維基百科上看來的，但不可否認，我確實常有將自己放逐於野外的渴望。

觀察自然，與之溝通，我們的老祖宗可也是這方面的高手。我打開易經，找出第43卦，夬卦，五陽一陰，卦象顯示高高的天上浮著一個湖泊，大雨將至。各家老師各有見解，但無非都說事情就差臨門一腳，要解決最後一個壓在天頂上的陰爻，處決最後一個擾事的小人，從逆中之逆逆轉。

我的生活單純，還真想不出需要對付或提防的人。想來想去最需要提防的大概就是我自己。放火燒院子、拿排泄物（裝在罐子裡）從十樓往下丟，要不是有兒時玩伴信誓旦旦地提醒我，我根本不記得自己小時候曾幹過這些事，那時可真是個無法無天的小鬼。

最後，我用 Google 搜尋「the meaning of number 43」，找到了一個名叫天使數字的網頁，這是一位美國靈異人士的作品，出過中譯本，博客來的內容簡介裡寫道：

「相信嗎？眼前不經意閃過的數字，都可能是天使給你的訊息。」

那自然，不信的話，我怎麼可能找上這個網頁，別說是數字了，連眼前這個杯子我都當成是盛著寶血的聖杯。在這個熱情洋溢的網頁裡，我找到天使數字43的含義，它代表肉體與靈性的整合，以及得到無形力量的指引。我不明白自己的肉體與靈性發生了什麼事，它們既然分離了又該如何結合。相信直覺是這個遊戲的唯一規則，我猜我最後能順利統和自我，逆轉最後一個陰爻。

不得不說，這真是一個很溫馨、很鼓勵人的玻璃杯。

歌德

一片漆黑。

儘管被困在這個為人類意識與理智所遺棄的地方，但我似乎不太在乎，或是已經無所謂了。要是世上有一個開關可以毀滅地球的話，那就請某個人不小心打翻咖啡，或是打瞌睡的時候按下去吧。我真、他、媽、的就要累死了，跟被困在月球砍樹的吳剛一樣，不管再怎麼騎再怎麼騎，都無法離開這段毫無光亮、缺乏規劃（還是政府愛節能？）的道路上。

正確地說，我根本不知道自己騎在什麼上面。

因為我看不見。

也許輪子壓著的是條普通的柏油路，或者其實是一座無人島都不得而知。我只知道自己已經騎了八個小時的腳踏車，像隻被困在滾輪裡的老鼠一樣停不下來，而我更想當一頭美洲野牛，拿頭撞樹或任何硬物。

看見關渡大橋已是好一陣子前的事了。如今沒人知道它在哪裡，或是究竟還要多久才能回到台北，或至少是新北市。

歌德開始離我越來越遠。他騎在前面，這片黑暗中八成只有我們兩個活人，真不知他之前是如何一個人從台北騎腳踏車下新竹的。

與歌德結緣已是件老事，一開始就是他跟羊毛在台北車站會我，帶我坐客運去新竹練團。在往返新竹練團的那段日子，待晚了，我常常會跟歌德借半張床睡覺。歌德是浪漫之人，愛聽歐派前衛金屬，這種音樂結構轉折多，恰恰呼應他內在豐富的情感。剛認識他時他著迷茶葉，再來是畫畫、攝影，現在則是愛爬樹記樹名。他也喜歡東奔西走，曾經我們騎機車下新竹練團（他載我），而這次是他邀我騎腳踏車回台北。我完全沒考慮過自己有沒有那份能耐，只覺得這是件有趣的事，便接受他的邀約。

當天，我們在新竹借了另一輛腳踏車。淑女款座墊，雖然尺寸有點不合，但我沒想太多，只覺得每隔一段時間兩人換著騎，讓尾椎有休息到就好。

我猜我們是笑著出發，笑得像兩個天真無邪的嬰兒，穿過鳳鼻隧道，經過觀音鄉，休息吃飯，太陽下山，巨大橙月升起，到最後滾入令人窒息的黑暗，這時我們的臉大概扭曲得像兩個殺人犯了。

歌德騎在前頭越縮越小，小得像一顆灰色的乒乓球。

我忽然想起他還練過鶴拳，他老爸教他的。我雖然跟他練過兩次，但只練完基本的腿功我就雙腳發痠。不知道他這時還有幾分內力可耗？

要是他騎得更遠，從我的視線中完全消失的話，我會不會就此被留在這片黑暗中，再也沒人記得我是誰？我盡是胡思亂想，卻不知道發聲叫他一下，或是乾脆停下來休息。

我只從口中發出無意義的原始人嗓音，死命地踏著輪子。

大橋終究出現了。看著它在夜裡騰顯紅光，我心中卻沒有一絲感動。

我眼神中的靈魂已一半出了竅，而這座大橋不過就是通往文明與理智的象徵，大概跟一道異次元的入口差不多。而我們幾乎是摔跌進了關渡捷運站，累趴在後門的木椅上。

我感覺自己像從未來趕來這裡，眼前的景色不斷地朝後腦勺膨脹、拉長，像條強力橡皮筋急需慰藉，我們立刻掏錢買了一包販賣機裡的洋芋片，再用盡全身最後的力氣把錫箔拆開，這時，我才發現，自己的右手居然連夾洋芋片的力氣都不剩。

歌德之於我的瘋狂，讓我日後擁有了大澈大悟的體驗。

手的樣子

太過理所當然，於是忽略它們的存在。

手。

在等待推拿先生的同時，我正盯著我的手。

我的右手顏色比左手要深上許多，像是中毒了一樣，發青發紫。我很想說服自己因為這是慣用手，所以手背上如果有一條血管或是筋脈明顯擴張，那都是正常的，跟受傷無關。相較之下，左手看起來外皮光滑內裡堅韌，像顆生命力飽滿的氣球。我再次試著說服自己，常壓和弦的左手，如果比右手靈活有力氣，是很正常的。我讓這兩種說法在我腦中反覆交戰，但總覺得有點自相矛盾。

手啊手，萬能的手，現在它要抱起一個小孩，轉門把，甚至是使用筷子都感到吃力，而最恐怖的是，它連抓住匹克撥弦都要辦不到了。

背背在逛書店時幫我找到一位推拿師傅的書，裡頭記載著他如何治療各種疑難雜症，書中還特別有一篇關於手疾的章節。於是我一下班就跳上客運，每兩天來一次五股找推拿師傅看診。推拿先生拿起拔罐器，叮嚀我下次來之前要多吃一點東西，我的整隻手臂上布滿一圈又一圈的紫青，整個人因疼痛而大汗直流。

「你啊，就是死腦筋，也不想想看自己多久沒騎腳踏車了」、「手只有一雙，壞了就永遠不會跟新的一樣」、「如果真的治不好，你得好好想想要怎麼與它共處。」手受傷後背背念了我一頓。這讓我想起自己做過的諸多傻事，例如被海浪捲走，把喉嚨操壞，飛車墜崖（差點），喝酒脫序，我想我過去總是毫無節制地揮霍生命，如今不自量力連續騎了十二個小時的腳踏車（事實上，我不怎麼會騎腳踏車），把唯一賴以創作的工具給犧牲了，我不禁感傷了起來。

走出診所，外頭天色全黑，我一個人站在陌生的公車站牌旁，四周是在黑夜中死寂的工廠。公車到站，塑膠手把的影子在空蕩蕩的車身內搖晃，除了司機以外，一個人都沒有。我獨自坐在破舊的皮椅上，盯著右手瞧。它是黑夜之手，跟窗外的景色一樣。

我多希望自己的眼神含有魔力，能夠憑空透視錯位的經脈，重整亂了套的骨骼。但我只是人，因為愚蠢走錯一步棋，弄傷了自己的手。

我感到生命每一刻都從指間流瀉而去，像水珠一般一次一點，持續不斷。

我開始明白原來這就是老化，我只會越來越容易受傷，這是時間加諸於我們的殘酷抑或慈悲。如果生命是無限的，那我們也永遠無法瞭解自己到底擁有或該珍惜什麼。

而正因為生命有限，我才得以看見手的樣子。

信心

前幾天讀到一篇報導，一名四十六歲的男子終於「覺醒」，打開心房邁向社會。他從小在學校遭受排擠欺負，衣服被剪破、東西被亂丟，到了四十歲都沒辦法面對人群，不管做什麼，都覺得自己不會成功。直到年邁操勞的母親去世，該男子不願讓她走得不安心，便振作起來，積極面對人生。我對這篇報導的主角有一股很深的親切感，雖然我的際遇不見得跟他一樣辛苦，但我很熟悉那種沒辦法面對人群，以及「不知為什麼常出錯」的情境。

那是因為我也曾經跟他一樣，對自己缺乏信心。

我跟報導中的男子，曾站在同一個生命的交叉口上。在求學時，我常感到挫敗，不會運動，也不懂念書，在學校中我幾乎沒有過任何成就感。久而久之，我把「自己很笨」

當成事實，漸漸相信很笨的自己不管做什麼都不會成功，這樣的心情久而久之便成了一種常態的恐懼，讓我很難面對世界。

生命中諸多痛苦的場景，不管過了多久，我們都會記得。但相同的，那些充滿光明的片刻，會在你沒辦法乘載更多悲傷的時候出現，像是一塊護身符。

我的護身符，自然就是音樂，以及那些透過音樂瞭解我的人。

我永遠記得，那一天上童軍課時，童軍老師要大家準備音樂，在所有人面前演唱。我站在四十個人面前，鼓足勇氣唱了一首當年爆紅的流行歌曲，三分三十秒之後，我得到這輩子最熱烈的一次掌聲，當下我簡直不敢相信大家是在為我拍手。這一輪掌聲，雖然沒有一次把我的信心灌滿（就是會有很無聊的人，在看你得到讚美後，跳出來說一句，像你這種大鼻子的人是不能當歌手的啦），但確實點燃了我心中的火焰，那把生命之火。

說起來可能有點可笑，但人就是這樣的東西不是嗎？

國中之後，KTV開始在民間流行，當我在隱秘的空間內，與信任的朋友同聚時，我變得更勇於表現自我，也得到了更多讚美。甚至曾有一位日本女生在聽完我唱歌後，正經八百地跟我說：「你應該要成為一個歌手。」

接下來的故事，就是我一路活到三十歲，在別人努力買車買房拚事業的年紀，卻還在搞樂團。大學畢業後玩了六年音樂，我靠它得到的物質滿足很少很少，賺到的錢總共大概五萬塊不到，但音樂就是我的信心，甚至是生命的來源。透過音樂、樂團、創作，我想通了一些很可愛的事。

當我們覺得某件事情很難、不可能做到的時候，其實那都不是真的。要做好一件事情確實不容易，可能你缺乏資金、沒有技術，但最大的問題，還是因為自己不夠有信心。

人只能透過水中的倒影、鏡子或他人的表情中看見自己，我們所有的希望與失落，都必須透過外界建立。以我而言，因為進入了學校所以知道自己不會讀書，不會讀書所以沒辦法在學校獲得成就，但我透過歌唱獲得了旁人的讚美，於是我開始相信自己會唱歌也應該成為歌手，至今還在為成為一個傑出的創作者而努力。這就是我的一生，我的自我是靠外在的反應而構成，要是沒有任何打擊，任何讚美，那所有的劇情都不會成立，「我」就不會存在。

我們在生命中獲得的自信，它有可能成為希望，或是傲慢；我們得到的自卑，它有可能變成絕望，或是反省。我們最大的課題，就是要想辦法與之平衡。肉身的衰敗是必然的，所以身為人類較常遇到的困難，即是年老的罪過，就是所謂喪失對生命的希望。

絕大多數的人都被自己的肉體給迷惑了，見它衰老，我們便開始懷疑，懷疑自己的能力，懷疑自己的潛力。見到別人年輕，便相信他們有希望，有能力，有無限的潛能。其實，希望與年紀無關，它並不會隨著肉體的老去而減少或增加，四十六歲也好，三十歲也好，只要我們還活著就擁有一切的可能，除非你打從心底否定自己。

「根本沒什麼好怕的啊！」每當我露出擔憂的面孔，因為「長大」的副作用而心煩時，背背就會這麼對我說。接著我會開始把腦中所有發光的回憶拿出來擦拭一遍，細細檢查它們的摺痕處，看看我是否能發現自己未曾注意過的細節。我會想起那段掌聲、想起相信並鼓勵我的父母、想起支持我的團員，以及所有肯定我創作的朋友。

千萬不要放棄希望，一定要相信、接受所有事情。相信自己。

橘子皮與哼哼

這裡二樓沒有燈，營造氣氛的霓虹光是有的，但還是很難把東西看清楚，更別說要認出不太熟的人。哼哼一頭短髮，兩三大步走了過來，那大無畏的腳步有點嚇到當時感冒的我。她說自己遲到了（還是沒說？），並表明來意：「我來看橘子皮彈吉他。」講這句話時她邊說邊笑，但只用「笑」形容實在是客氣了，那是種需要靠文學細寫，用藝術譬喻的表情，大概是夾在大方與羞赧間的某種類青春幻影吧。我被她的情緒感染，忽然覺得自己被定格在某部藝文電影中，眼前的主角是名高中女生，表情正確神色無誤，錄影一次OK。

橘子皮今晚沒來啊，真是不好意思不好意思不好意思不好意思（出差故缺席一回）。

我跟橘子皮是在迴聲社認識的，那時我跟拿乙在新竹教英文，就住在清華大學附近。

占了地利之便，我常跑去社辦胡混，某一次接受了幾位社員的提議，決定組個拷貝樂團練練洋歌。橘子皮是鼓手磁尾大學時的搖滾樂友，他特地從台北下新竹與老友相聚尬團。橘子皮說笑隨和，戴著一副黑框眼鏡，平時敲鍵盤寫電腦程式，彈起吉他也頗有搖滾工夫。我們多次埋頭苦練，一心巴望在期末時能上台表演，一解現場演出之癮。怎知當天下雨，兩個月的苦練付諸流水，最後我們只得窩在練團室，硬在兩名觀眾的面前完成唯一一次的演出。

之後大約一兩年的時間再也沒見過橘子皮，只偶爾在線上巧遇時打字哈啦。直到二〇一一年一月一日，安樂團受邀在自來水博物館前表演，這新年的第一場活動，卻是我跟羊毛與歌德的最後演出。當天極冷，我們在低溫僵凍手指、險險流出鼻水中結束了從迴聲社開始的冒險，對著公館人來人往的街頭收起最後一個音符。在收拾樂器準備回家時，我忽然發現橘子皮跟磁尾原來在場幫安樂團打氣。在這不利於表演的氣候中與他們重逢，我想起之前那場尷尬的表演，也忽然對安樂團的未來有了新的想法。

為了能跟過去切割，也紀念羊毛的離開，兩天後我在線上跟橘子皮聯繫，詢問他來安樂團彈琴的意願，他欣然答應了。新血加入，我們先從舊歌開始練起，剛開始大家的音樂互動多少有點生硬，為了求快，我在寫新歌時常一併完成吉他編曲，再請橘子皮複製，不久後，我們便練好一套新舊歌夾雜的表演。

橘子皮彈琴時用情甚深，有一種老茶客泡茶的細膩韻味，躲在他的琴聲後。我得以放下吉他，變回從前活蹦亂跳的主唱，但是收斂了一些。在新的一年內安樂團完成了許多演出，一切看似順利，但當我獨自沉澱時卻也不免擔心，自己在編曲上會不會過於霸道。在安樂團的創作裡，橘子皮真正參與的編曲很少，儘管同在一個樂團，他卻像是幫忙彈吉他的人，少有機會發揮自我。這樣的顧慮雖在我心中滋長，但因活動表演不斷，我選擇當隻鴕鳥，把注意力藏往音樂裡。我默默地期盼在不斷的表演之中，會自然找到解決問題的方法。

光影錯綜，我才想起哼哼是某團的貝斯手，幾天前在車站附近我們曾一同演出。我已經很久沒見過如此直率可愛之人，她想聽就來聽並且大聲說自己愛聽，「我來看橘子皮彈吉他。」這句自然不做作的話要比任何音樂都美。看著她的笑容，我明白她必定察覺了橘子皮琴聲之醇實，想到這裡，我不禁有點驕傲起來。

在這樣的瞬間之中，一切都有了道理。為什麼有吉他，為什麼要推弦，為什麼推弦的聲音像一道彎月？那是橘子皮推的，那是哼哼笑的。

之後的美好光景，不必多說，對我而言，玩樂團最可愛的樣子，莫過於此了。

愛

那時的我非常浪漫。飯前禱告、睡前禱告、起床也禱告。我會愛上禱告是因為蘿蘿。有一次她告訴我，她睡前會為困在地獄裡的靈魂禱告。剛上大學的我從沒聽過這麼美的事。蘿蘿跟那些成天把信仰、博愛掛在嘴上，卻永遠用有色眼光看待異己的宗教惡徒不同。蘿蘿是個非常善良的人。我知道她的禱告都是真的。

大學時我對生命有許多疑惑，其中最令我好奇的就是「愛」。很多人也許覺得愛的道理不用追究，也不能追究，但我是那種非得看看箱子裡藏著什麼的人，沒辦法不去思考。如果真像聖經所言，愛能構成世界，那麼愛究竟是什麼？這個讓所有人為之瘋狂的情緒究竟是什麼？

於是那一陣子，一個在我禱告中不斷出現的問題就是，愛是什麼？

某個周日下午，天氣很好，整個浴室被太陽照得發亮。我決定悠哉地泡個澡，在浴缸裡讀徐志摩的散文，其中一篇他寫到自己如何去看夕陽，如何見著各種幻化的顏色；有一次他甚至跪了下來，只因自己禁不住天頂龐然的金光，「神異性的壓迫……」他如此形容。每一個他提及的景象、每一片他看過的風景都叫我羨慕，而最打動我的，是一次他站在一片草原中的經驗。

陽光從褐色雲裡斜著過來，幻成一種異樣的紫色，透明似的不可逼視，剎那間在我迷眩了的視覺中，這草田變成了……不說也罷，說來你們也是不信的！

我認為他一定看見了天使，或是任何不直接屬於這個世界的事物，從浴缸裡跳起，將自己整理好後，拿起一本地圖，馬上開車出門。我在某些時刻是個機動力很強的人，而徐志摩的文章正巧刺激了我一直以來對夕陽，以及神奇事物的想望。

我打算開車去海邊，而且要去一個從未去過的海邊，在地圖上選中一座離家約莫半小時車程的沙灘，名為「紅色沙灘」。

空中無雲，沙灘的上頭只見海鷗盤旋，沒有豔紅金光。縱然機動力旺盛，但我的地理概念很差，就算拿著地圖還是走了好幾條錯路。更扯的是當我到達目的地時才發現，這座沙灘面東，要想見到陽光，得等到第二天早上。

接近晚餐時間，沙灘上的民眾稀落，只有我一人扛著吉他往停車場的反方向去。既來之則安之，見不得夕陽，我決定找個隱蔽的角落彈琴，靜坐禱告後再回家。紅色沙灘靠山，海岸線狹長，步行十多分鐘後，在一面岩壁前找到一塊大石。四下無人，我便率性坐下，放膽彈琴寫歌，接著開始既定的禱告程序。

愛是什麼？

也許是一個小時，兩個小時，或是只有四十分鐘，在我把所有身邊需要關心的人都想了一遍，差不多要睜眼離去時，忽然感覺一個球狀物體在面前。

當下我覺得那是一張人臉，心裡發毛，但隨即感覺它並不像一張人臉那樣實際，而只是一個拳頭大小的單純球狀。但我確定，這個球擁有某種意識。它正在觀察我，似乎有點好奇為什麼我要一個人坐在這裡。雖然害怕，但我告訴自己並沒有做什麼壞事，只是在這裡打坐而已。

我試著忽略那球，把注意力放回心中掛念的人事物上，感到那顆球從左眼繞至左耳，便漸漸消失了。

睜眼，此時天已全黑，空中整片銀色星雲。我拍去身上的沙塵，拎起吉他朝著停車場緩緩走去。夜空、大海、群星，長長的沙灘上獨我一人行走。

忽然間，彷彿有一道銳利的白光，天外飛來一筆，從我的左後腦勺往右上斜行而去，快得像一線刀光。接著我聽見聲音，不同於平時腦中的胡思，那聲音清晰、明亮，絲毫不出於我的自主意識。

「你要細心地、尊重地對待每一件事物，這樣的話，你就能知道愛是什麼。」

霎時，我感到從地球深處灌洗大地的海潮，在無窮的黑冥中閃爍的天體，以及腳下億萬微小的沙塵，它們全都活了過來。海水在說話，星星在凝視，沙土則在擁抱，它們的行為都很簡單，卻如此感人。每一滴水每一根草每一粒沙每一顆遠不可及的星辰都在無聲地大喊：

「嘿，我們在這裡噢，我們很關心你。」

我沒有哭，也沒有跪下。我繼續靜靜地走著，整個生命全然投入地行走，深怕自己使多了一分勁，會踩傷腳下的沙，會驚動旁邊那一小株綠草。

我的衣服就是我的肌膚，我的鞋子就是我的腳，海水的聲音就是我的呼吸。這整個世界都是我的朋友，我也全然屬於這個世界。

背背

一個傷心的光頭。

一個傷心的光頭以為所有戀情都會開花結果，所以他一早就把內心所有的情感像一顆鉛球擲出，用盡全力。他的手法、技巧、力道之不成熟，甚至把鉛球跟棒球的規則搞混，待球擲出後才發現偌大的沙場上沒有人戴著手套等待。

事實上，這裡除了他以外再沒有別人，沒有教練，沒有對手，沒有觀眾，只有他，以及那顆笨重的鉛球在空中劃出的弧線。

嗚，鉛球幾近無聲地落地。在沙塵中鏽跡如斑紋開始在球身蔓延。

太陽照常升起，房間亂如地震災區，我是那個傷心的光頭，糜爛的死大學生。頹爛到神仙在海邊看見我，也會忍不住停下來勸說，教導我愛的方法。

「要細心地、尊重地對待每一件事物。」

祂確實這麼說了，甚至還開車帶我回家，教我轉動鑰匙，發動引擎，要我記得每次轉彎時方向盤在手心滑動的感覺。祂甚至讓我窺見蘊藏在萬物中無窮的愛。

但我沒有就此成為一個神童，甚至連把房間整理好的決心或意志力都沒有。我埋怨自己的世界為什麼會成為一個被踩扁的鋁罐，而且下腳的人沒踩準，整個瓶身都歪了，頭尾對不起來。

而我發現，沒把罐子踩準的人其實就是自己。

那故事該到此結束了吧，一個人都已經知道愛的方法了，但做不到(或是沒放在心上)又有什麼用。這個人就只能在苦海浮沉，為了滿足人類本能的慾望而煩惱，對世界漸漸失去信心和希望，成為一個虛偽狡詐的騙子，終其一生了吧。

幸運的是，這個人曾虔誠地許了一個願望。也許是被東方的神，或是西方的神，也許是宇宙，或者生命本身就有自我答覆的功能，總之這個願望被聽見了。而被聽見的，必將得到答覆。

跟背背相遇時，我還是一個大傻瓜，而她已經很成熟了。照她的話來說，當時的她已人格統合完整，明明白白知道什麼可以，什麼不可以，什麼辦得到，什麼辦不到。我呢，則還是一頭野牛，會撞破擦得太乾淨的玻璃，或不經意地搗毀一些人的心。

我們幾乎是彼此完全相反的鏡子，一個安靜一個多嘴，一個有謀略一個有勇氣，一個細心一個粗魯，一個慷慨一個自私。我們有過諸多衝突，大都是因為我的自我不願意讓步，有半個我會抗拒背背給我的影響，但同時另一半的我明白她講的每一個道理總是比較圓融。這顯示在遇見背背之前，我的人格是多麼欠缺統合，幾乎快要裂成兩半。

這段感情之於我簡直是革命，有時被搞得煩了我會埋怨，巴不得回到自己一個人自由自在的時光。

但有一天，在一個沒有神蹟、一個平凡的日子裡，我忽然想通了。我想起另一個自己曾經誠心許下的願望。

當年在海邊，聽見神的話語的我其實是很寂寞的。我一個人住，身邊少有像我一樣熱衷神秘體驗或是音樂的人，大多數的朋友都在混舞廳，學校裡也沒有可以交心的同學。除了期盼自己能夠明白愛情之外，我最渴望的就是能擁有一個伴侶。我希望她能幫助我，幫我改掉所有壞習慣，成為一個更好的人。我誠心地如此禱告，希望這個人有一天會出現。如今我花了多年才明白，這個願望早就成真了。

此時我不住地在房間來回踱步，萬分感激地思索這一切。

生命是神奇的。我曾目睹它的魔力，但又被世界墮落的習性給蒙蔽了。如今我醒了過來，不再執著於知曉愛的真諦，因為愛不是一種能被理解的道理，它是一種行動經驗的累積，當千萬痛苦折磨狂喜安詳的時間過去之後，我們就會明白愛是什麼。

當年在我腦海中的聲音，不來自他處，那其實就是我的聲音，那是一個藏在我體內的善良意念，在向我揭示愛沒有答案，只有方法。現在和背背相識到結婚的八年裡，我很肯定，自己雖然笨拙，但我願意實踐愛，因為我明白一個實踐愛的人心中不會有恐懼，也不會有疑惑。

如果城市不需要我，那我可以隱入森林。如果森林不需要我，那我可以待在海邊。如果海水不需要我，那我可以站上沙丘。不管我最後在哪，只要跟背背在一起就夠了。

貓

之一

貓是很嚴肅的。

儘管牠們沒事愛往箱子裡鑽，縮頭縮腦地用甜蜜的眼神練習狩獵，伸掌舔毛梳臉，或是捲成一團絨絨毛球窩在鍋子裡睡覺，貓在我的感官之中還是很嚴肅的。

某個潮濕的夜晚，我剛從書店下班，下了公車便往巷子裡拐，這裡車流不急，巷內燈暗，行人大都不走磚面龜裂隆起的步道，卻愛擠在平坦的馬路上跟汽車搶道反而安心。這條路我已走了千百次，通勤必經，當時我正在推敲某一首音樂的段落，全神貫注地聽著腦殼中轟轟作響的樂音，我在暗中任由雙腳疾行，絲毫沒察覺即將親臨的慘劇。

巷子的盡頭是一條單向道，路旁無樹，光源較之前充足一些。我挨著平房走，步伐強，驚動了不少小狗探至門前低吼威嚇。這時，忽見前方有隻小貓從門縫中匆匆鑽出，牠感到我的步伐急快，便慌張地往馬路閃去。就在此刻，我聽見身後傳來一陣鋼鐵躁動的聲音。

通常在這樣的一瞬間，你會認為生命是一局棋，所有發生沒發生即將要發生或正在發生的事都是注定的。

人、車、貓，我們構成一塊無縫的三角，在這場棋戰中我是完美的，我是死神的樁腳，恰恰擋在貓與車的視線中間。

三角扭曲，下一個瞬間，還來不及吸氣或大叫一聲，我站在原地，看著貓頭被身邊經過的轎車車輪輾過。

柏油路上留下一層胎痕，車在路口靜止，我跟它都變成了夜色的一部分。小貓獨奏，在地上扭曲悲鳴，不知情的人恐怕會以為牠跟平常一樣想用後腳抓頭搔癢，接著側翻兩圈倒頭大睡，但那樣的慵懶已是牠遙不可及的奢望。最後一盞生命之燈亮起，小貓奮力一跳，從平地垂直飛跳，約兩米高，接著重重摔向地面。

我走向牠，看見深紅色的鮮血隨著記憶從牠的耳內流出，那血比夜色還深，我知道牠正看著我，此刻我已是不全的凡人，沒辦法理解更不要說能滿足牠的渴望。我想起電視裡常出現的獵人或農夫，想起他們如何在最後一刻幫絕望的動物解脫，但我似乎沒有把牠脖子扭斷的勇氣，只能默默在心裡呼喚神明。

虎斑棕，這貓很小，恐怕不比一本書重，我看著牠的眼睛，看見生命像一把被收束的圓傘。我抱著屍體往河邊去，想起俗諺裡說死貓得掛在樹上，但那似乎是個很瘋狂的主意，我不想讓小貓最後被鳥吃掉，於是找了一叢半身高的野草，把牠藏了起來。

之二

貓兒多眠，好夜行，日本人幫牠們取名「寢子」，有些人則相信牠們屬陰，不吉祥。

小時候家裡曾養過一隻暹羅貓——咪咪，灰白毛身配上黑手套黑面紗，湛藍眼珠，相貌頗為尊貴。那時我年幼魯莽，頑童一枚，見著咪咪可愛便要擄入懷中，熊抱不滿足便用枕頭推擠，不時還用髮膠幫牠造型龐克。貓兒喜靜，獨立優雅，怎能忍受被小屁孩糟蹋凌虐，於是咪咪成了叛逆少女，一逮到機會便往鐵門外衝，潛入地下停車場的漆黑，巴望從此遠離屁孩淫威，但牠紅顏薄命，一對眼睛在暗黑車底下遮不住地冒藍光，沒兩下就被押回山寨。

壓抑久了，咪咪鬱鬱寡歡，開始犯病咳嗽，眼角冒出濃濁分泌物。醫生說牠感冒，細菌感染，我天真地以為咪咪在地下室裡吃了髒東西，卻不知哀莫大於心死，一隻貓沒辦法活得尊嚴，很難健康快樂。咪咪住院，幾天後走了，家人怕我難過，沒讓我見咪咪最後一面，牠的死亡既神秘又隱晦，卻也像一包假借他人之手處理掉的垃圾，不知所終。我想像中的咪咪最後躺在手術台上，嘴裡的虎牙有好幾個蛀洞。我開始夢見自己忘了關鐵門，在堆疊旋轉的樓梯之間擔心咪咪又躲進陰森的地下室，而我得獨自在漆黑中尋找那雙發亮的藍眼。

之三

問題在於，有人曾說狗會等主人回家，貓則會留一張紙條說自己有事出去了，在兩種經典的個性之中，我相信自己其實是粗魯過動的狗類，喜歡東跑西滾，大口飲食，但很諷刺地，我卻像是磁石被不同的極端吸引，例如貓的形態、牠們安靜優雅的自閉風格。長期處在這樣精神不協調，或是說變態的狀況之中，難免會遭遇大小衝突，被貓類抓咬踢吼不說，最後經常得參與牠們的死亡。

姆姆毛色黑裡帶棕，喜歡窩在跟牠一樣黑漆漆的吉他袋上睡覺。老貓，喜歡被捶背按摩，被按得舒服了，就把尾巴蓬起來像聖誕樹一樣報答你。不給碰手腳尾巴，不給抱，一動手就得挨爪子，我知道牠的極限在哪，偶爾越雷池逗牠生氣嘶嘶，但大致上我們相安無事。

都說貓怕水，一日姆姆卻在我淋浴時走進浴室，甚至跨入了水花四濺的淋浴間，我猜想老貓如姆姆是不是有高度的潔淨自覺，主動要我給牠洗塵。我把蓮蓬頭對著牠，姆姆雖然沒有反抗，但也不見臉上顯露愉悅的神情。

浴後，數日間姆姆坐著不動，即便起身也行動緩慢，不願進食。牠喪失了大半元氣，像是一隻內部棉絮被掏空的布偶。我不知這是一場意外，還是牠已知道自己時辰將至，所以要我給牠淨身。拎往醫院，獸醫說姆姆的年事已高，再加上淋浴通常對貓來說是一件精神壓力極大的事，牠這次要恢復健康的機會渺茫。於是我把姆姆裝回籠子裡，跟醫生買了一管小型注射器、嬰兒食品，還在超市買了地瓜。獸醫說姆姆現在只能吃流質食物，跟小嬰兒一樣。

我給姆姆準備了一團軟墊，但牠不喜歡，嫌那太熱。姆姆的體內有一顆又一顆正在炸裂的行星，牠寧願滾到冰冰涼涼的地板上，像個任性的小孩。姆姆平常愛偷吃巧克力，現在被迫吞下口味淡薄稀爛的地瓜泥，更發出嘶嘶聲抗議。家裡還有另一隻胖貓哺哺，幾天下來都不見蹤影，牠大概跟我一樣，對第一次如此親近死亡而感到緊張。

叮，都說貓在死前會躲起來，但以姆姆的行動力來看，牠的死亡無法神秘，只能像一本供人免費閱覽的刊物。當牠聽見微波爐加熱完畢的聲音，發現我又幫牠準備了另一份爛泥瓜注射劑後，便用盡力氣把腦袋往地板砸，這是我最後一次惹牠生氣。我沒有看到這一切，當時我站在廚房裡，只聽見房間傳出聲響，叩。

儘管難以解釋，但我們無時無刻都在運用生命，像是一位尋寶的水手，所以當姆姆的意識消失時，雖然牠看起來跟平常一樣，短毛尖臉圓眼睛，但我就是知道，眼前這座寶箱，儘管外殼裝飾得多麼華麗，上頭的珠寶還會發光，但裡頭真正的寶藏已經消失了。

姆姆喜歡黑色，於是我找了一個黑布袋給牠當棺材。布袋來自德國書展，能代表牠是文人之貓。外頭陽光極大，河堤邊沒有半個路人，我滿頭大汗地拎著姆姆選定一棵小樹，便在極強烈的高溫中開始挖洞，這洞要挖得夠深，才不會讓路邊閑晃的野狗把姆姆的身體叼去。

我相信姆姆入土後，牠會成為大地。以後這裡的每一根草、每一棵樹，便都是牠了。

之四

所有前來家中作客的親朋好友，無一不為哺哺的體型發出驚呼。

「牠怎麼這麼胖。」

身穿吳郭魚鱗西裝、頸掛白圍巾的哺哺，確實比牠在外頭流浪的同類笨重許多，每次當牠想跳上沙發跟主人撒嬌的時候，都必須比照火箭發射的流程做檢測。通訊清晰，燃料充足，準備，發射，肥碩的肉球一躍而上，雖然沙發僅有一隻小腿的高度，但肥貓如牠，跳躍後還得靠前腳的力量支撐，才能把自己順利拉上沙發，完成給主人搔肚皮兼流口水的任務。

哺哺的體型與膽量成反比，平時無事，牠愛坐在陽台前面吹風看景，見到家裡有生人便會一溜煙躲進浴室，藏在盥洗台下不肯出來。有時我出門時牠會前來送行（其實是好奇），賊頭賊腦地往鐵門外探，看似有點貓格，但當我真把鐵門打開讓牠出門轉轉，牠在外頭只走得兩步，便夾著尾巴竄回屋內。

哺哺沒辦法面對世道無常的風雨，也無法面對生命必然的死亡，姆姆走時，牠在一張立起來的床墊後躲了好幾天，害我以為牠跟姆姆一同奇幻地消失了。除此之外，牠還怕黑，晚上一定要跟人一起睡，睡到半夜卻又自顧自地起身，在你枕頭附近踏來踏去。

別以為這個哺哺胖傻又沒膽，牠其實極為精明，能言善道，為求目的不擇手段。牠見著你房門關著，便會抬手敲門，撞門聲不夠，沒人理，便會開口大叫，呀嗚呀嗚，直到你屈服為止。牠嗓門大，肚子餓時也用同一招，貓吼功，或是柔性騷擾，猛舔塑膠袋製造噪音。牠在人前畢恭畢敬，不敢對主人有一點臉色或嘶嘶音，在人後卻狂耍流氓，搶飯碗占地盤樣樣來，牠常藉著自己的體型優勢，張牙舞爪霸凌姆姆，逼牠交出午餐，或是鬆軟軟的座墊。當我看不慣牠仗勢欺人，想替姆姆出口氣的時候，一看到哺哺骨碌碌還畫了眼線的綠眼睛，就又心軟了。我唯一能給牠的懲罰，就是擁牠入懷，哺哺不喜歡與人有親密舉動，所以當我逼牠就範時，牠必定鬼哭神號，死命掙扎，而我也不輕易放棄，硬是在牠的扭動中找出韻律，練成渾元抱貓大法。

好貓不長命，壞貓活得長，哺哺是唯一在我身邊與死亡無關的貓。牠趁我赴歐旅行，家裡沒人能照顧牠的時候，靠牠那雙電眼、還有滿懷情意的喵言喵語，虜獲了一位美女的心，被收養的牠現在悠悠地躺在瑜伽墊上，獨霸新家的飯碗跟地盤，享受新主人溫柔婉約的照顧。我知道這隻胖貓雖然沒死，但仍舊上了天堂。

哺哺就是這麼狡猾。

形象

「你不覺得那個 ×× 很帥嗎，長得有點像金城武。」

那時高中，我跟女友約在山丘上的購物中心閒晃，一個時髦的帥哥同學走在我們不遠的前面，她對他的讚美像是開了回音器一樣盪進我心中。

我們先在網路上認識，她長得很漂亮，像個洋娃娃一樣，眼睛大又深邃，是個基本款美女，我則是個眼鏡歪戴的拙小子，要不是一開始因為透過文字聊天，她恐怕理都不會理我。我笨手笨腳地走著，看著前面那位時髦的同學，覺得自己似乎沒辦法跟上他們的腳步，身體被一種混雜著嫉妒的無力感拉住。

幾個星期後，我跟她在網路上吵了一次不痛不癢的架，就把這段關係結束了，交往幾個月也沒出去過幾次，一切的情感與時間都建立在撥接連線的數據裡，讓人沒辦法徹底傷心，電腦螢幕一滅就像一切沒發生過一樣，但那天沒辦法改變自己樣貌的挫折，卻深深地刻在腦中。

之後我雖然嘗試注意自己的穿著或髮型，但我的頭髮又多又硬不好整理，眼球因為不適合隱形鏡片只得一直戴著眼鏡，甚至高中有一陣子還學起日本視覺系藝人把頭髮染成五顏六色。我對自己諸多挑剔，卻沒有能力從中得到成就感。「不帥」的種子在我腦中長成了一片遮住陽光的森林。

直到大學，「不帥」這件事在我身上有了許多新發展。幾年來，我每個月把頭髮剃光一次，並且不買新衣服，幾雙鞋子穿到只剩下一條縫線連接鞋底也不願意更換，好像自己就是某種極端的破衣宗教信徒。我從不閱讀時尚雜誌也不知道任何名牌，一方面是身邊沒有人可以引導我發展這方面的興趣，再來是大學開始我就進入了用精神餵養自己的世界，宗教跟搖滾樂是我最大的供應商。

那時候我喜歡的偶像大都是像戴著鬼頭面具的 Slipknot[37]，不然就是狂言怒唱最後車禍身亡的 Snot[38]，這些唱著批判性歌詞、挑戰主流的脫俗歌手，恰恰與被釘死或離家出走的宗教思想家相呼應，他們同樣反對主流社會虛華膚淺的行徑，並都呼籲人們尋找自我真正的價值，有這些模範精神領袖罩我，我自然可以理直氣壯地穿著棉花爆出來的夾克，很「不帥」地雙手扠腰蔑視盲從潮流的眾生。

「喜歡美，是所有人的天性。」多年後當我批評人不應該太膚淺的時候，背背總會這樣吐我槽。我多半會用警察盤問犯人的語氣問她「美」的定義是什麼，雖然面帶不屑，但我心底其實很希望她有答案。

當時我已玩團多年，也期望能跟我心目中的「不帥」英雄一樣成功，但當我很不帥地站上舞台卻沒有神蹟應驗時，我才明白「不帥」其實都是假的，穿什麼衣服都好，那些傢伙根本就帥得很。

對於「不帥」信仰的動搖是從樂團比賽開始，每每看見比賽的評分項目中原創性的比例最高時，我心中總會暗暗竊喜，因為我自始至終都覺得音樂性才是最重要的。我跟團員們花了非常多時間在音樂性上面，或者該說是所有的時間與精神。我一直認為搞造型對搖滾樂來說是一種污辱，又不是男孩團體，搖滾樂團只要重視音樂就好，更何況我本來就不是帥哥。

砰，當裁判把我們的腦袋轟開再將屍體拋入山谷時，落敗的我才明白自己有多天真，原來音樂不只是用耳朵聽的。

從二十世紀初開始到現在，搖滾樂已經發展出一套廣為人知的文化系統以及標誌，也在大部分人的心中植入了既定形象。因此，一個樂團要是缺乏那些視覺可辨認的搖滾元素時，它對一般大眾的說服力也會降低。

人類不只是感官動物，更是視覺動物，在聽見音樂或是擁有足夠能力去瞭解音樂的語言之前，我們會無可避免依賴自己的眼睛，用形象判斷它們的價值。我天真地以為去崇拜一個戴著恐怖面具的歌手代表我並不膚淺。是的，那樣的形象也許有別於主流市場，但搖滾文化的叛逆性在這資訊爆炸的時代早已不是新鮮事，恐怖或頹廢這種形象被唱片公司利用，已成為一種搖滾的暗號來吸引某種特定族群。在一個像我那樣憤世嫉俗的高中生心中，一個歌手越是怪異，反而越能成為我心靈的撫慰，因為他們的醜恰恰呼應了我的不帥。我一心仇視主流的膚淺，但它其實無關主流或非主流，膚淺是所有人類共有的特性，只看聰明的人怎麼利用或被它利用。

不管搞怪也好耍帥也罷，一個看起來沒有個性的樂團是非常危險的。這樣的論調或多或少從他人的口中聽過，但我還是花了很久的時間才說服自己。直到有一天在台南吃冰，聽見隔壁桌的客人說了一句：「這樣人家怎麼知道我走的是什麼路線啊？」我看了她一眼，一位妙齡女子，走的「路線」大概是一種時尚都會的OL風。我並不特別為她的造型擔心，倒是對一個上班族這麼看重自己的路線而大吃一驚。如果一個上班族都這麼注重自己的外表，那更不要說立志要站上舞台表演的藝人。

我們每個人其實都是演員，生命中所有的場景也都是一座舞台，任何人都得適當地裝扮，就連Jimi Hendrix[39]都會為了一頂新帽子而在鏡子前看上半天，並詢問他人意見。

我雖然很喜歡搖滾怒漢的形象，也曾經希望自己能夠像Lynn Strait那樣張狂的唱詩，漢子如他是陪伴我抒發憤怒的守護者，但我知道自己內心少了一股對生命的狠勁，終需與他道別。我一直因為無法成為別人眼中的帥哥而難過，甚至放棄自己變帥的權利，但那樣的日子都結束了，這世界上真的沒有不帥的人，只有不願意變帥的人。

我很認真地問背背我是一個怎麼樣的人，因為我實在想不出來。

「你徹徹底底就是一個斯文的人。」背背不假思索地說。

我呆呆地望著她，並想像一個斯文的「帥」是什麼樣子。我對時尚風格的概念幾乎是零，「那我現在應該要怎麼做？」我接著問。

「下次跟我一起出去逛街，不要老是臭臉。還有寫一本書吧，把你心中認為音樂該有的樣子寫出來。」

我懷疑她是受夠了我對音樂的瘋言瘋語才這樣回答，但背背很聰明，我也相信她。

我已不再急著找尋「美」的絕對定義，只怕它是不存在的，這也是為什麼每種風格都有死去的一天。

37 Slipknot，美國金屬新浪潮的重要樂團之一，除主唱 Corey Taylor 在另組的樂團 Stone Sour 中以真面目示人之外，其餘成員都戴著面具表演。

38 Snot，加州樂團，主唱 Lynn Strait 編寫的旋律非常自由，嗓音也比一般的龐克唱腔多了一分彈性。

39 Jimi Hendrix（一九四二—一九七〇），二十世紀的電吉他之神，與 Janis Joplin 還有 Jim Morrison 共稱 The Three J's 或 Triple J，三人相繼死於二十七歲，是為 27 Club 的重要人物。

Spring Scream

雨天，五個人手上拿著小包，背上再頂個大的，擠在一台半敞篷的小卡車上。我們沿著公園的走道在樹叢間穿梭。路上看見一個小鬼，名叫李賣造，騎著腳踏車悠哉地哼著歌，後頭有個阿伯邊跑邊叫著他的名字。步道上有兩個年輕人看我們這台接駁車後門沒加蓋，作勢揮手，高呼假裝要攔車，隨即又停下來彎腰大笑。

那年春吶，團多，舞台也多，樂手樂迷全都在淒風苦雨中被打散了。我們的場地搭在一個小木屋裡，雖然免受淋雨之苦，但這空蕩蕩的室內也不比外頭路邊攤大小的舞台強。木屋裡總共只有兩位觀眾，其中一個因酒醉睡著，另一個則等著把自己灌醉。孤零零地結束表演後，我們因行程安排不當，錯過了所有自己想看的樂團演出，只好拎著樂器踩著爛泥巴回家。事後每當我想起墾丁，必會感到那是由一台半敞篷接駁車、濕爛鞋子以及雨天所組成的陰鬱。

春天吶喊在一九九五年發起，到了二〇一一年已被各種山寨版的音樂祭，還有俗濫的電音趴給撐爆了。「春吶」從一開始就被媒體誤化為一種地名或動詞，它跟去一個音樂祭聽搖滾樂無關。只要你人在墾丁，不管酒醉看妞，還是吃藥昏頭掉進水溝裡，一律通稱「去春吶」，而每年四月湧入墾丁的十幾萬人潮，真正參加春天吶喊的觀眾恐怕只有十分之一。春色、春潮、春音、春×，在這些跟春有關的活動中，就屬春浪的陣仗最大。他們的廣告滿街都是，演出藝人多為一線角色（五月天、陳綺貞、蘇打綠等等），再加上鄰近墾丁大街，久而久之春浪反而更為一般民眾所熟悉，成為音樂季在墾丁的代名詞。至於遠在鵝鑾鼻燈塔下的春天吶喊，則成了一種遠古的傳說，只在老樂迷之間低語流傳。

儘管第一次在春吶被雨打得狼狽，我們依舊年年報名，每到清明時分像給祖先上香一樣，照例填下春吶的報名表。不論落選的心情有多失望，我總覺得一個樂團非要在春吶表演過，才能算得上是「台灣」樂團。

春吶從某一年開始，採取網路計分制。每個報名的樂團在它們的官網上會有一格投票欄，票數越高的樂團則較有入圍的機會。這時我們已從ＭＩＲ三度投胎，成為安樂團，是個新團，儘管找遍親朋好友投票，頂多只能破百，無法與其他動輒千票的樂團抗衡。我雖然早為落選做好心理準備，但每天仍是不死心地計算這次一共有幾個舞台，活動有幾天，自己擠進去的機率到底有多大。

幾個星期過去，公布樂團的名單越來越長，上面卻始終沒有安樂團的名字。我一急（剩餘的名額已經不多），決定寫一封e-mail給主辦單位，死皮賴臉地想為自己打廣告。恰好安樂團才入圍一場「見證大團」活動，我拿這個頭銜在信中大書特書，想盡辦法讓春吶相信我們有固定的粉絲群。兩天後，我收到一封春吶官方的入圍信。我不確定，那封自我推銷的信究竟有沒有功勞，但已不重要了，重要的是，我終於有機會能夠平反墾丁在我腦中鬱悶的回憶。

在公館集合，顛簸了一夜，天光時我們已遠離北部的陰沉。鵝鑾鼻公園似乎是另一顆星球，地上有野草軟軟，前方有一處台北難見的丘陵，朝天隆起，像一個長了毛的溜滑梯。我們一群菜鳥在入口處徘徊，不知該往哪走，扛著大把樂器，一路上跟蹤熟客兼問路人，才終於找到會場入口。這裡沒有野草，只有一塊塊看門的石頭，樹木在四周充當圍牆或走廊。「報到處」的攤位空著，被一條紅色防水布覆蓋，現在才早上十點，所有的玩樂咖都還在睡覺，為晚上的派對準備。

坐在露營區裡，我看著大大小小的帳篷、吊床和露天電影銀幕，很難將這景色與鬱悶的雨天做連結，似乎我腦中所有關於春吶的回憶都是假的，這才初到春吶。我走向草原，看見五個大小適中的舞台，路邊攤小木屋都不見了。

晚上在草地上狂奔時，我才真正明白自己這些年來到底錯過了什麼。台灣只有春天吶喊能夠一次容下千奇百怪的樂團，只有親自站在這個會場裡，看見同一片草地上有後搖、雷鬼、龐克、民謠、電音與放客的盛況，才會瞭解這個音樂祭是多麼多元。我見到血流滿面的耶穌在彈吉他，旁邊站著惡魔彈著貝斯。另一邊的主唱扮成書蟲，他的頭蓋骨被鉛筆刺穿，拿著直笛吹著飄忽的曲調。有人在台上邊哭邊說他的愛貓死了，拿著吉他轟鳴哭吠。我們一群人扛著喝不完的免費混酒在草地上又跳又滾。

當舞台熄燈時，我們躺在草地上看著台北虧欠我們一輩子的星星，頭頂流星的數量多到你根本懶得許願。聽日本遊人演奏西塔琴，跟一群樂手在火堆旁即興唱歌，至於安樂團會在什麼時段表演，會有多少觀眾，網頁上得到了多少張票，此刻對我來說，還不如身旁一朵小黃花重要。

夜深，我們走進樹叢，讓自己遠離一切關於文明的光亮，在巨大的樹群中夜色變得更深更濃，我們失去了自己的形體，也丟下了心中的影子。沿著岩壁，在月落之際踏上觀海亭，看見一望無際的大海，我們明白自己到了整個場地的邊緣，也走到了寶島的盡頭。忽然間所有人都扯開嗓門對著海洋大叫，把一輩子的痛苦都吐了出來，生命在每個的人身上留下了無可言喻的傷口，此時海聲唰唰地回應著我們。

啪，大水把手機從三層樓高甩了下去，它載著我們身為人類所擁有的理性，做了一次漂亮的飛翔。阿那其最後把自己帶的東西全搞丟了，iPod 一台、手機一支，還有借來的帽子一頂，這些全成了音樂的祭物。

最後一天傍晚，輪到安樂團表演，我們早已因連續熬夜、奔跑、酒醉而感到筋疲力盡。活動結束後，我們沉沉地坐在鵝鑾鼻公園的最外圍，一條沿著海岸的木頭走道上。這裡沒有頓時振奮大地的日出之光，只有漸漸離開的黑暗，一層一層地把顏色與形狀交還世界。當四周布滿一層輕柔的色澤時，我們的月之暗面也被徹底改變了。

東山樂園

東山樂園，一座已荒棄多時的廢墟，有場音樂祭選在那裡開唱。我們喜愛古怪，二話不說決定前往。

樂園在台中北屯的荒郊，一個歐式的巨大建築，它有種城堡的氣派，只可惜少了一個對付唐吉訶德的大風車。舉辦在這裡的音樂活動名為Luvstock，由幾個在台中深耕音樂的洋人所策劃。我們從車道進去，看見門口坐著一位金髮大媽，正在接待樂團兼幫人蓋章。安樂團簽到時，她要我把信用卡卡號一併寫下，很洋派很幽默，但我哪來的卡。

第一個舞台搭在戶外廣場上，亞熱帶風格的場景中沒有椰子水跟草裙舞，卻有濃妝豔抹的龐克團跟狂灌啤酒的觀眾。我們找到阿那其，他早我們一天抵達，已經把場地混熟了。這裡一共有三個舞台，本來安樂團的舞台搭在一個游泳池中間，但昨天因下雨積水，現在得換到小草屋裡表演。阿那其向我使了眼色，轉身一望，一條長長的樓梯頂端有一間房子（風格同樣熱帶），而樓梯旁站滿一排猩猩跟野生動物的空心雕像。我們爬上樓梯進入，這裡被裝飾得有點像是三隻小豬裡的稻草屋，只不過四面是實牆。草屋裡有設計師擺攤位賣卡片，還有一個空空的魚缸，裡頭放著一個小女孩對河裡倒影說話的故事紙片。

夏日，屋子裡熱得像三溫暖。我們找到主辦人，他長得有點像 Iggy Pop 40，但中文講得很好。他似乎對游泳池積水一事很苦惱，以為我們是另一群來找他抱怨的人，但我們只想打聲招呼。

我們跟隨行的夥伴在草裙舞的廣場集合，這時沒有樂團表演，便往樂園的深處走去。廣場後方有條步道，沿著溪水延伸，雜草從地上的瓷磚裂縫蹦出。一路上不時有奇怪的裝置，像是巨大的蘑菇像、一個小山洞（裡面搭有遊客的帳篷），還有一座假山跟死水池塘。我們爬上假山，看到盡頭有一座廢棄的吊橋，還有一截龍的身體模型攀盤在對面的山壁。阿那其聽說這裡有一座全台灣最高的觀音像，但他一直沒找到。離表演時間還早，我們決定渡橋探險。

吊橋看起來還算穩固，雖然走道上有幾塊裂開的踏板，但鋼架很硬實，沒有生鏽的痕跡。我們小心翼翼控制人數，扶著兩側的扶手走到對岸。

對岸是蟲子的世界，一下橋就發現空中全是牠們壯闊的歌聲。這邊野草比人高，還有很多枝葉圓齊，看起來像飛碟的樹。我們往前，順著隱約的道路痕跡，看見幾架幼稚園或公園裡會有的搖搖椅，顏色紅藍紅綠褪了一半。在它們旁邊有座廢棄的土地公廟，現在被雜草占據。前方的通路已變成一片小森林，我們向右轉去，望著山的方向找路，最後在廟旁發現一條被遮蔽的通道。

決定往前，一夥人浩浩蕩蕩地撿枯枝，踢石頭邊走邊唱。過沒多久樹群散開，陰影沒了，樹道變成一條雜草野花遍地的山路。我們站在山腰，看見一大片風景替代了原本鬱鬱的野樹，吊橋跟樂園落在遠遠的山腳。轉頭，盤桓的龍尾在岩壁上，下面是一座巨大的蓮花池，池裡立著一朵朵巨大的鋼鐵蓮花，還有幾支大青蛙陪襯。

我們像一隻隻螞蟻沿著蓮花的枝幹攀爬，池內無水，不時能找到幾枚五元一元的硬幣。我對準一個很深的縫隙，有樣學樣地丟了銅板許願。大家各自喝酒照相，選一片蓮葉坐著吹風賞景，小歇片刻後，便踩著一片片鐵葉往高處爬，發現龍尾下似乎還有一條走道，搭著邊緣的木製護欄，剛好可以從最高的一片葉子翻身進去。

走入更深的山林，樹枝又開始在頭上撐開。遇見一個拱形通道，由幾根石柱支撐。這裡沒有猴子也沒有水聲，只有一堆亂飛亂叮的蚊子，叫人又熱又癢。爾後，我們再度步出林道，天空與大地的風景又在四周打開，山路上的石子枯葉沒了，變成整齊的水泥地，還有一段四四方方的階梯向上。階梯的左邊有塊隆起的石檯，我們找到了，全台灣最高的觀音像，揮著潔白衣袖瀟灑地站在上面。一開始我們有點訝異它不如想像中的高大，一讀石台上的文字，才發現它的「最高」是海拔而不是身形。

階梯頂端有一間廟宇，裡頭有香有籤也有神像。阿那其卜卦求了一籤，上頭祝他大吉大利。我們在神壇旁邊拿了幾根香，先靜心點火膜拜，後敲缽跟木魚，一群人在山頂隨性哼唱。

天色漸暗，我憋在心裡沒說，但一直認為在山中失去日光的話會被魔神仔抓走。我們再度經過荷花葉，跨越吊橋，告別在山中隱居的佛教迪士尼樂園。白日奇幻的夢要結束了，我們回到一開始的草裙舞廣場，觀眾們酒意正濃，對著舞台上樂團歡呼。樂團是 Jimi Hendrix 的致敬團，主唱非常稱職地背著一把 Stratocaster[41] 彈奏一首火熱名曲，音符顛動著他心中對 Woodstock[42] 的夢。

我們回到稻草屋，有個二人組，頭戴墨鏡沒完沒了地彈著木吉他。離安樂團預定的表演時間已經遲了一個小時，但沒有人在乎。茅草屋熱得冒火，當我們站上舞台，望著台下一直以來支持安樂團的朋友。我想，在這廢棄的樂園、洋人瘋癲的音樂祭之中，表演從來就不是重點，底下那些熟識的臉龐，比曲折的山路還迷人。感謝台中 Iggy Pop，我真想讓被舞台逼瘋的他知道，這一切有多酷。

40 Iggy Pop，被譽為龐克教父，在七〇年代末期因濫用毒品而進入精神療養院時，David Bowie 曾多次探望他，之後兩人共同創作了一段時間，並互相扶持戒毒。

41 美國電吉他大廠 Fender 的經典電吉他，是 Jimi Hendrix 生前常用的款式。

42 搖滾史上最重要的音樂盛會，李安曾以此為主題拍攝電影《胡士托風波》。

搖滾柯博文

搖滾是底層之歌，它的根扎在很深的土裡。從超時工作、喝酒殺人、跟小女孩偷雞摸狗，轉到泛政治、人權、弱勢關懷，所有主流音樂不想碰也不敢碰的題材它都對上了。

而做為一個認真的搖滾客，必須要像社運人士，或是新聞記者，去挑戰國家的體制，找出鬆開的齒輪，並冒著被夾死的危險盡全力改善它們的運轉。在上述的情況中，如果受傷、被捕或成為恐怖分子而入獄，都是非常光榮的事。

這個「深度」的音樂十字架，我背了很久，大半個青春。

我一直希望自己的樂團跟音樂能夠影響社會，成為像 Rage Against the Machine，或是 Bob Dylan[43] 那樣的歌手，成為一種有點頹廢、浪蕩、能幫助社會改革的時代標誌。因為這樣的期許，很長一段時間我絞盡腦汁寫出來的音樂，聽起來都像在假裝文雅地罵人。

剛從紐西蘭回到台灣時，我最喜歡的華語歌手是阿弟仔。他雖然貴為金曲歌王，並成功打造「大嘴巴」與「阿密特」等藝人團體，但一直低調行事，二〇〇〇年代中期數次以樂團的形式作現場演出，之後便退入幕後。他當時的音樂剽悍但不失旋律性，歌詞極富批判意識，完全擊中我腦袋的紅心。阿弟仔無疑是我青春末期的最後一個偶像，每一場表演我不但出席，還會在表演結束後拿著CD排隊等他簽名。我腦中那顆造反的種子，因為阿弟仔的音樂更加茁壯，但很微妙的是，也因為他的一句話，這顆種子失去了生長的動力。

當時阿弟仔有一個官網，上面不定期會發布電子報跟歌迷分享近況。我自然時常守著網頁，期待能一窺他腦中的想法。某一天，他發布了一則消息，說明他後期的音樂以及歌詞，從來沒有所謂「教化社會」的意義。我被此文潑了一身冷水，百思不解為何阿弟仔跟 Bob Dylan 一樣，排斥他們被冠上的「抗議」光環。

一旦偶像否定了自己的形象，他的粉絲也會開始懷疑自己。我雖然繼續寫歌罵人，但越來越心虛，每一句憤怒的歌詞，都變成了質疑的吶喊。這種矛盾的情緒持續了好幾年，終於在某次獨處時，有了答案。

其實，音樂永遠只是音樂。就像其他的東西一樣，它只是一種對生命的回應。

對阿弟仔或是任何其他優秀的創作者而言，歌裡的故事，都是他們的生活。他們從來不覺得自己寫歌是為了要教訓誰，只是直白地說著自己的故事而已。一個創作者如果硬要創造與自己生活無關的作品，那只會讓他變成一個虛偽的人。

思考到這裡，我不禁想挖個超時空等級的地洞跳進去，因為除了那些自以為是的創作之外，我對於這個社會而言，一點貢獻都沒有。我的生活，跟在暖爐旁睡覺的貓咪一樣柔順，沒有為社會流過一滴血，流過一滴汗。說要「抗議」，我不過是寫了幾首粗魯的歌，站上舞台叫囂，好讓自己看起來很「抗議」罷了。

自我否定是一個很痛苦的過程。像是失去信仰一樣，我覺得自己是離開了土壤的樹根，只能在虛空中腐爛。在我找到新的依據之前，我只想遠遠地逃開自己製造的假象，跳上一輛永不回頭的列車。

宇宙一定有一對長耳朵，而且記性極好。很快地我會發現，它記得我說過的每一句話，不論我坐上哪一輛車，還是得途中帶著自己剩下的靈魂跳下來。

「台中站到了。」聲音從廣播的喇叭傳出。

回台灣五年，我只在颱風夜裡去台中表演過一次，票房慘淡。直到二〇一一，我們樂團表演得上癮，台北的 live house 都差不多走透了，一天決定跟友團相約去台中表演，重洗當年淒涼的記憶。

那年初，一把惡火把台中的傑克丹尼燒了，九名舞客喪生。它的原名 ALA，本是當地元老級的 live house，後期轉型成舞廳夜店。面對社會輿論的壓力，政府一急，索性點起另一把火，強逼全台的舞廳跟 live house 歇業。直到刀子架到女巫店的頭上，群眾反彈聲勢太大，這事才緩和下來。

幾個月過去，政府已透過與 live house 的業者溝通，雙方達成場地安全的共識。但就在我們台中行前的兩周，當地著名的 live house 之一，迴響，卻忽然傳出被勒令停業的消息。據迴響所說，他們花了大錢裝置通風及灑水系統，甚至還備妥一具逃生梯，可供緊急狀況使用。但檢查人員無視安全與否，只因為室內有舞台、舞池，就要強制迴響停業。網路上樂迷開始議論，有人誇張地說另一間 live house——浮現，撐不過兩個月就得關門。果真不到兩天，他們也停業了。

台中遊飛了，我們軟爛地坐在忠孝新生的啤酒廠買醉，感受樂團權益（本來就微乎其微）被剝奪的滋味。所有人都知道樂團文化不是社會發展的重點，但如今的感覺是連垃圾都不如。

大概有一道閃電劈中阿那其。他忽然拿起電話，賣掉星期六 30 Seconds to Mars[44] 演唱會的票，他是買早鳥票的鐵桿粉絲，本打算趁天團來台，溜進主唱 Jared Leto 下榻的飯店偷他穿過的浴袍。但阿那其現在決定要租一台大卡車，加入那天即將在台中舉行的一場抗議遊行，表達對政府漠視音樂文化的不滿。

整個計畫的核心就是，在遊行的同時，我們站在卡車上唱歌。

周六中午，我們到了魚骨集合。這是另一間在台中被強制停業的藝文活動場所。失去營業權的店家像一棟鬼屋，或是內臟被挖空的身體，我們吃著業者貼心準備的便當，很台很夠味的排骨飯。沒多久一台卡車在門口停下，顏色是歷久彌新的台灣發財藍。司機大哥是個爽朗的漢子，不斷強調只有他們家有這麼大的卡車，之前還載過李安的劇組去拍戲。我們把發電機、鼓組、音箱給搬上車，這些器材都是阿那其靠關係跟當地的朋友借來的。

台中的氣候暖和，沒有屋頂跟車門擋住我們，身邊的空氣很自由也很陌生。坐在成堆的樂器中，我們拿著幾塊咬咬自製的布條，象徵性地綁在頭上或是手上。沒有人知道接下來會發生什麼事，我們像是一群戰士，或是待宰的家禽。

台中市政府旁的草地上聚集著抗議的民眾，所有人身穿黑衣，警車跟警察三三兩兩的停在路邊。天空沒有陽光，雲層跟底下的人一樣陰鬱。我們看見各路朋友從台北、高雄前來抗議，他們準備了一塊長長的布條，上面寫著「還我音樂」。

活動的主辦人名叫酋長，戴著印第安人的頭飾，說為了路線運行方便，卡車最好停在中間點，等待隊伍通過後再接著走。我們把車暫停在馬路邊試音，在車流中接起音響導線。人生地不熟，加上置身車水馬龍、抗議的情境中，讓人有點緊張，但當線路接通，喇叭傳出樂聲，台中的馬路立刻成了一間尋常的練團室，發財車也不過就像 live house 裡的舞台。

司機大哥把車停在一棵樹下，我們在樹蔭之中等待。望著抗議人群隨著鼓聲緩緩地走來，在光影與聲響的流動之中，我突然感受到一種真實，此時此刻我再也不是一名矯情的鬥士，也不打算用音樂去教育任何人。我站在這裡，是不言而喻的道理。我拿起自己的布條，想起崔健的〈一無所有〉，索性蒙住眼睛。

我一向覺得音樂像海，今天，音樂是一道磅礴的巨浪。

等你把門打開／拉我走進來／把燈光熄滅
跟熟悉的時間／沉默的道別／安靜／安靜

我一直很喜歡 Rage Against the Machine 的〈Sleep Now in the Fire〉。音樂影片裡，他們在華爾街證券交易所的對面演奏，痛斥美國政客與金融業的腐敗與貪婪，在影片最後他們被紐約警察逮捕，神秘又崇高地坐上警車離開。一直以來我常常想起那支影片，希望自己有一天能跟他們一樣。如今多虧阿那其，那個遙遠的夢或多或少成真了。我們最後並沒有被警察抓走，而是尾隨遊行隊伍進入市政府廣場，那裡只有新聞媒體等著業者／樂手發表自己的訴求。抗議激動地開始，平安地結束。

社會責任，教育意義，那些所有關於搖滾樂的幻想與遺憾，都在我離開卡車時徹底消失了。安樂團永遠不會是 RATM，而我也不是阿弟仔或 Bob Dylan，但那並不重要，重要的是我們用真摯的情感說出自己的故事，那就夠了。

43 Bob Dylan，原名羅伯特•艾倫•齊默曼（Robert Allen Zimmerman），為二十世紀美國最具影響力的歌手，於六〇年代演唱抗議歌曲著名。其風格帶有叛逆文人的氣質，並成功將美國民謠、鄉村、藍調、搖滾融合，是極具個人特色的音樂家，雖已高齡七十二歲，至今仍不斷於全世界巡迴表演。

44 30 Seconds to Mars，洛杉磯搖滾樂團，主唱 Jared Leto 曾在電影《Chapter 27》中飾演槍殺 John Lennon 的瘋狂歌迷。

高牆

之一

高牆。

方才結束一場表演，大汗淋漓。我站在公館自來水園區的河畔，在夜色中望著新店溪，晚風是一隻大手蓋在我的皮膚上，緩和了之下翻騰的血液。忽然間，一股不明所以的煩躁在體內湧現，那情緒彷彿有自己的生命與意志，像一團黏液包住了我。當下我發現，有一堵高牆，一堵看不見但確實存在的牆擋住了去路，我很確定，這裡就是盡頭。

之前的一年，安樂團每個月基本上安排三場表演，幾乎造訪了全台的 live house。在這段時間，我也完成了大門老師的課程，寫出幾首堪稱滿意的作品，滿足了五年前對音樂的想像。一直以來我非常清楚對音樂的困惑是什麼，如今我也確信自己具備處理它的能力。只要願意，我們可以繼續表演下去，不管花蓮、台東、金門或是澎湖，只要有場地，我們就能在任何地方演出。

但僅止於此了，我已走到盡頭，看見一個地下樂團的極限。

當然，安樂團絕不是全台灣最棒的地下樂團。我可以列出一長串需要加強的地方，如造型服裝、演唱功力等。如今業界用來宣傳、造神的手法已不是新鮮事，錄音的門檻也大幅降低，就算沒有雄厚的資金，只要跟著照表操課，地下樂團也能跟主流藝人一較高下。但正是因為門檻越來越低，觀眾越來越清醒，這樣下去，就算再玩十年，我們頂多成為一張不痛不癢的安全牌，如果想要與眾不同，就得想得更遠。

這樣的思慮像一把冷冷的槍抵著我的腦袋。要不就快跑，離開現況，要不就等著腦袋開花，永遠出局。

抑或是，這種突如其來的精神感受其實是我為自己設下的圈套。

阿那其在十月即將入伍，我很早就為他的離團做好心理準備。當兵一年時間不長不短，光是花時間找人代打再重新磨合，可能就需要三四個月的時間。我們不這麼打算。音樂其實是時間的遊戲，從算拍子、記小節開始，到樂曲的速度、專輯的長度、樂手的年紀，無一不關乎時間。一直以來我憂心自己落後別人很多，所以我不敢停下來。歌要編得很複雜、詞要富有文學性、現場表演要夠穩、表演要一直安排。那現在呢？

所有的壓力與衝突、快感與痛苦，早已成為包圍生命的煙霧。我在這場霧中盲目地奔跑，方向感奇差。好在有一雙比我看得更遠、更清楚的眼睛，就在我要陷入更深的迷霧之前，出聲叮嚀我。

之二

我一直沒有完全接受我即將開始旅行這件事。並不是說厭惡旅行，而是我沒有準備好要離開樂團、離開音樂，花將近一年半的時間在陌生的土地上生活。

我跟背背在書店工作時相識，她被各式各樣自我追尋以及探索世界的故事圍繞，一直想出一趟遠門，尤其是到歐洲。背背是一個什麼都好奇的人，一定要去親眼看看，呼吸當地的空氣，看見世界。她喜歡舞蹈，喜歡藝術，而歐洲就是當今世界的藝文子宮。

我呢，腦袋則簡單多了，只要跟音樂無關的事，都不感興趣。所以在準備旅行的過程中，我多半採取「不完全」參與的狀態，交差了事，等著下班打卡回頭繼續搞音樂。

這樣的態度不時會惹惱背背，她多半會罵我做什麼事都興趣缺缺，除了音樂之外什麼都不在乎。面對這樣的指責，當我耐不住性子時也會回嘴幾句。但它確實讓我發現，這麼多年下來，我對身邊所發生的事情不聞不問，幾乎沒有培養其他的生活常識跟熱情。最後，當背背說我如果對尋常小事都不感興趣的話，又怎麼可能做出細膩感人的音樂。聽到這番話，我才明白我錯了，我得試著找回我對音樂之外的感情。

為了存旅費，一整年下來，我跟背背幾乎沒有外出用餐，社交活動極少，錯過幾場演唱會，也極少買過什麼東西。我們都準備好要跟過去的自己道別。也許，人得想辦法離開一切，好讓現在的自我認輸。一旦輸過，才有可能開始下一場比賽。我半信半疑地這麼想著。

我想知道牆的外面還有些什麼。

自我

一雙雙黑眼睛，像渾渾旋轉的銀河，牢牢地盯著我，那裡頭裝滿如宇宙般浩瀚的好奇心。表面上是英文老師，我更覺得自己比較像個表演者。但跟在外頭唱歌還是不一樣，在教室裡我一點也不彆腳，是個超級巨星。每個小孩（當然還是有例外，沒有人能贏得全世界的愛）都急著要跟我握手，或是等我把他們高高抱起。

我常常帶吉他去上課，編一些意義不明但滑稽的押韻歌詞，讓十幾個小孩在教室裡高呼歡唱。很多時候我不覺得自己是在教書，因為我認為教人說另一種語言，或是教學本身是件瘋狂的事。

我認為自己是音樂實驗家，希望在節奏與旋律的刺激下，加強小孩的聽覺，在他們心中留下暗示，當他們長大，聽見音樂或是外來語言的時候，便會感到一種不明的躍動活力。除此之外，我還是個哲學家，這些眼前的新生命，是人性最亮的鏡子，我無法停止從他們的眼中尋找生命的秘密，例如人是否擁有天性？是否擁有先天的善惡？內向、外向、文靜、好動，是否是命中注定的，抑或是靠後天的環境跟際遇形成？

可惜，我不會有答案。我沒辦法倒回時間，觀察每個小孩在怎樣的家庭中長大。沒辦法二十四小時跟著他們，看他們說了怎樣的話，當他們表現自我的時候，是否被旁人鼓勵或制止。每當我望著他們的眼睛，徒勞無功地思索生命與天性的時候，總會無可避免地想到另一個問題：我到底是誰？

把觀察小孩的心得跟自己的經驗混合在一起，會把人越搞越迷糊，但這種迷糊是很愉悅的，感覺像是不停地練習畫圈。一旦時間夠久，就不會在乎這個圈的起點在哪，而是在乎它是不是能越來越圓。

下一個簡單的結論：我是一個因為音樂而孤獨與自私的人。

創作而孤獨，這是所有創作者的必經路程。唯有獨處，我們的表層意識才會慢慢沉澱，營造出一種無人之境，讓自己能夠放膽跳舞、大聲唱歌。當創作者進入此種潛意識顛狂的狀態時，會與文明世界的理智疏遠，成為一個更不被理解、更孤獨的人。但唯有沉溺於此種孤獨，方能創造一件作品。

弔詭的是，當創作者熟悉創作的能力時，往往會變得自私。一來確信自己與眾不同，二來創作的能力得來不易，它只能透過時間營造（過程往往痛苦），沒辦法用金錢購買，而它也極端脆弱，很容易被人學走。創作者不得不保護自己，走進更幽暗的角落。

我發現越是鑽研音樂，心中的恐懼就越深。一旦感到害怕，創作就變得僵硬。音樂或樂團，已從原本快樂的冒險，漸漸變成心頭的重擔了。

二〇一一年十月，再四個月，我將展開人生最長的旅行，花一年半的時間離開音樂而生活。在旅途開始前，我決定要做一件冒犯自我的事情。

大水跟我是兒時玩伴，命運使然我們臭味相投，即使成長過程中不曾見面，但彼此一直保有對音樂的熱誠。當我們多年後再次相逢時，不只喜歡的音樂頗為雷同，他也投身於教育領域之中。在玩團的路上大水一直很支持我，他是我心中堅定的信心來源。我知道他也一直希望能組一個樂團，無奈不得其法，儘管我有心幫他，但這件事無法假他人之手。創作是孤獨的，只有自己才能挖出自己心中的寶藏。身為朋友，我想到可以邀請他玩一個頑皮的遊戲。

我要請大水當一次安樂團的主唱，我則當一次吉他手。

在西洋音樂世界裡，主唱別名 front man。身為樂團的門面，主唱得有一夫當關萬夫莫敵的氣勢，要能抓住觀眾的焦點，甚至成為樂團的標誌。找人代彈吉他、打鼓，或是處理任何其他樂器，都是樂團常見的事，但當一個團換人當主唱的話，不是原本的主唱死了，不然就是他被開除了。主唱之所以被稱作門面，也多少暗示了這個位置的不可替代性。當了這麼多年主唱，我的自我有沒有因此過度膨脹，實在說不上來，但我確定它已成了我身上遲鈍、恐懼的負擔。

跟大家商量後，請大水來唱歌的事敲定了。我重新背起吉他，像以前一樣帶著大包小包的器材進練團室。久未練習站著彈琴，我甚至還得花時間抓自己寫過的歌。

表演當天，空中布滿濕冷的陰雨。我們從捷運站出來，狼狽地拉著樂器步入一座停車場。沒有醒目的招牌或大門，一群人在死寂的大樓前張望，忽見一個指標立在雨中，引導我們走向唯一一扇亮著白光的樓門。這裡頭看起來像是一般的商貿大樓，日光燈走廊、標著商號的隔間，以及一座電梯。到了三樓，一扇黑色大門敞開，裡頭傳出窸窣的人聲。我們找到了這間幾乎落在淡水線盡頭，最詭異的 live house。

主角大水少說也有十年不曾踏上舞台表演，不少學生與同事遠從苗栗前來助陣。他看似有些緊張。我則見到幾個不約而同前來的朋友，說要聽我唱歌，心中有點過意不去，不知該怎麼解釋。場內不賣酒，觀眾多喝果汁，室內光線陰暗但氣氛清醒。我像個尷尬的木偶，走上舞台站在左邊。今天的我們是拼裝團，橘子皮出差缺席、阿那其當兵、原本的主唱變成吉他手，在這瘋狂之中，只有歌德還在正常的軌道上，抵抗一切的變態。

表演開始，我們是錯置空間中的錯置樂團，在舞台上的四十分鐘，是宇宙闔上眼皮的瞬間，是卡夫卡蛻變的暗示。我的自我將在今夜被終結，被四分音符切開，被最後的和弦埋葬，靜靜地等待下次復活。摟著吉他，我聽見它在嚎叫中濺出血花，那是殘殺與肢解的樂音。衰敗的自我不得不從主位退下，淨出一片寧靜的空隙。許多前所未聞的聲音，從氧氣中竄出，它們從單細胞變成了無數眼睛，緊緊地勾著我，無聲地叫著。

我這才發現當自己不再是主角時，反而能聽見更多聲音，當我從脫離自我的角度聆聽，反而發現了更多安置音符的空隙。所有我聽見、演奏、創造的歌曲，忽然擁有了另一種形狀。

「I want more.」

很簡單，去掉I，去掉want，你就會得到more。

耳聾

五音令人耳聾──《道德經》

有一天我跟大水坐在他家聽歌。

音響裡噴出來 John Garcia 拉長扯短的歌聲像是一條煙柱，整個客廳被 Kyuss[45] 的重低音場熏得霧濛濛。他們是大水的菜，一種大漢騎哈雷機車的風格，而且是喝醉的那種。這樣的曲風算是對我脾胃，但稍嫌不夠驚喜。我大概表情顯現得有些無聊，大水忽然問我覺得這音樂怎樣，我說還不錯，正忙著分析它的段落。

這回答倒是讓大水吃了一驚，他很不解地問我這樣聽歌不會失去樂趣嗎？這問題有電，我呆住了幾秒不知該怎麼反應，只覺得把心思放在理解歌曲上是理所當然的，因為我需要解讀它們，好讓神經裡有足夠養分可以灌溉出自己的作品。不過大水的反應卻也讓我想起，曾經像他一樣全然享受音樂的自己，怎麼不見了？

背背老是嫌我講話很大聲，不只講話，連音樂都要放得很大聲，難不成是耳朵有問題。我本不以為意，認為是她大驚小怪，但確實我以前打鼓，練習時多半沒戴耳塞。我突然想到會不會是耳膜受損，所以聽歌才少了大水的那份純粹？

歐遊開始前，我本想帶把吉他過過流浪歌手的癮，但廉價機票雖便宜，行李卻有諸多限制，最後我決定乾脆到歐洲找二手琴行買把老琴。搖滾樂手沒有樂器隨行，但音樂總不能離身，帶CD怕麻煩，但存一堆MP3又少了質感。加上如果要寫歌的話，該裝什麼電腦軟體方便記錄，還是我該試看看平板電腦？

婆婆媽媽牽拖了一陣，再沒多久就要離開。一天下午經過捷運站看見一張海報，畫面中的人穿著工作服站在打卡機前，背背告訴我，他是行動藝術家謝德慶，此人曾整整一年每天每個鐘點打卡一次。我心中感到無比震驚，回家後立刻Google此人，認識了他的「不做藝術」——不談論、不觀看、不接觸任何藝術，以及人生中最後一件作品「十三年計畫」——十三年來創作卻不發表任何作品。我打從心底冒出一股接近戀愛的悸動，謝德慶的「無為而為」像是兩大巴掌拍在我臉上，一個創作者卻不創作，創作了卻不發表，這是多麼挑釁、多麼簡單卻天才的行為。我完全被鉤住了，決定只帶一支筆和筆記本出遊，跟隨謝德慶將生活與藝術隔絕的腳步，展開一段沒有音樂的旅行。

買車票、訂房間、訂機票、找工作攢錢，在旅行初期，光是處理這些雜務就花掉了大半時間，我的重心只放在如何「生活」上，根本沒有時間注意創作或是音樂的事。直到幾個星期過去，漸漸找出旅行的步調後，才忽然發現有一種空洞的感覺像鬼魅般往耳根裡鑽。我開始極度渴望音樂。

一個把十幾年的習慣從生活中抽離的我，體內萌生出謝德慶口中的一種「脆弱」。我開始近似顛狂地辨識聲音，不論是有車經過、背背翻書、家具的關節鬆開、手指搓動面頰、洗米、西班牙語、德語、法語……這些極其難解的噪音，都變成能吸引我注意的「音樂」。從起初放不下音樂旅行，到現在的禁斷期症狀，我到底被音樂變成了什麼？

仔細想想，從小學開始，我的心就沒有休息過，一直很依賴音樂帶給我的快感。那索求無度的癮頭越來越強，等長大後，我不只要聽、要玩，更想了解音樂專門的語言，找出樂器之間和諧的奧妙。從感官娛樂到技術鑽研，這樣癡迷的追求，它變成了一個吞噬我生活的怪物。

我一心想要征服音樂，但它反過來變成我的主人。

五音令人耳聾。老子如是說。但我恐怕不只是聾了。背背常說我是生活白癡。我的房間永遠像地震災區，東西散落各處老是找不到。面對生活上的問題我常常一無所知，只知道談論音樂、創作音樂，腦袋裡跟音樂無關的事情什麼都記不得。其實鑽研音樂並不會奪走一個人的感動，就算真的聾了也不會。是那顆心，那顆為音樂失去整個生活的心反而把我的聽覺麻痺了。

我很平靜地跟我自己的魔鬼戰鬥。我沒辦法讓它流血，只能靠旅行中的思忖消磨它。我不斷想著謝德慶口中的人生哲學，「用光所有的時間」。我不只要用光它，還要纖細緩慢地用。我要花一整天坐在樹下看雲彩如何流動，我要買一卷錄音帶聽磁帶倒轉快轉的聲音，我想找回最初聆聽音樂的方法，我要創造屬於自己「完整」的生活。

那天天氣很好，我跟背背的旅行剛滿一個月。

為了賺取下個階段的旅費，我們住在一個廂型拖車裡，手中握著電話，深怕漏接了工作的消息。看著螢幕，我忽然發現手機裡存了幾首歌曲。我青澀地按下「隨機播放」，喇叭傳出緩緩的鼓聲，混著天上的光把空氣打成絲絲棉絮，我好像這輩子第一次聽見音樂，認不出這是什麼歌，也忘了自己是誰。我變成一個布景的道具，成為拖車的一部分，「Gravity……」John Mayer[46]的歌聲讓我想起自己是個人，還有知覺，而他溫柔的吉他與歌詞彷彿是贊許，也是提醒。

「Oh, twice as much ain't twice as good and can't sustain like a one half could. It's wanting more that's gonna send me to my knees.」

（量多非福／倍增之力難見倍增之功／無欲則無求）

45 Kyuss，美國加州樂團，該團吉他手 Josh Homme 離團後與 Nirvana 的鼓手 Dave Gorhl 組成樂團 Queens of the Stone Age 以及 Them Crooked Vultures。

46 John Mayer，同時具備高超的吉他技巧以及編寫偶像情歌能力的流行歌手。

吃與清潔

之一

說自己對吃不在行，這話多少有點矛盾。我吃東西幾乎不挑，除榴槤比較少吃以外，基本上沒有放不進嘴裡的食物。我的食量與食速也在一般水準之上，朋友聚餐時多半是我的碗盤先朝天，等著別人進貢他們無法下嚥的食物。

亂吃，我是高手。

因為吃得亂，我對食物的追求只講兩個層面，一是分量多，二是味道重，出外用餐時，我只在乎餐點米飯堆疊的高度，肉塊的大小，很少把營養均衡與否一事放在心上。若吃飯跟看電影是同一件事，那我就是只看場面大、卡司強的觀眾，追求直白的刺激。

背背的飲食風格跟我南轅北轍，她的食量小，吃東西速度慢，並且愛恨分明，她有非常厭惡的食物如絲瓜，也有鍾愛的食物如蓮霧。除此之外，她與我最大的差別，也跟我絕大多數的朋友不同之處就是，她很愛吃蔬果，很有意識地去吃花花綠綠的東西，一旦哪一天少吃了一點果菜，就會渾身不對勁。

為了食物，我們經常意見衝突，就像獵人跟農夫吵架，也不是說我非得餐餐吃肉不可，而是我們口味的默契很差。當我想吃咖哩飯時她要吃火鍋，我想吃漢堡時她想吃肉圓，我要吃滷肉飯的話她就要吃湯板條（這個比較容易解決）。剛開始我還會為了捍衛自己口味的權益而抗爭，現在我乾脆直接投降，並不是我要禮讓太太，是因為我開始明白自己喜歡的食物，如貢丸、甜不辣、漢堡等，都是加工過的食物，沒什麼營養價值也不太健康。

在我跟背背遊歐三個月的期間，每天的例行公事就是逛市場。

在連續十幾個城市的鯷魚罐頭、醃黃瓜、香草、優格、起司、紅酒、生火腿、橄欖油、鹽花的洗禮之後，說不上就此成為食材教父，但我心中確實多了幾分對食物的景仰。在眼花撩亂之際（多半因為飢餓而產生），我才明白，不論菜肉，每一種食物都是生命的結晶，如果一個人不能對世界有所貢獻的話，他就不應該進食。

我很瘋狂又浪漫地認為所有人都該在餐前禱告，不是為了無形的心靈寄託，而是感謝那些流下真實汗水與血液的生命，那棵長出水果的樹、斷氣的動物，或是幫你收成的人。我們之所以活著，都是因為其他生命的犧牲。

於是我再也不敢胡亂地吃下食物，我開始吃得很慢很慢。

之二

威陳是朋友中第一個得到潔癖的。我除了驚訝還是驚訝，其中還有一點被背叛的心情。我們以前是拜把，喝酒喝通宵，喝醉了在路邊站著吐、倒著吐，或是乾脆直接吐在身上。現在的他回到家一定先洗手，定時拖地掃地。我真是嚇壞了，一個人能有如此大的轉變？

一桶三個月沒洗的酸臭衣物，床單當然從來沒換過，洗碗槽內堆滿沾著菜莖肉渣的碗盤，一包包垃圾袋裡滿是蛆蟲，這些都是我高中時的基本款。摺衣服、曬被子、洗碗、掃地，以上的居家行為是被搖滾樂所禁止的。它們太平凡太瑣碎，搖滾就是要嗆辣，衣服上要有洞，要曬被子就用火燒，用過的盤子砸碎就好不用洗，掃地也免了，反正搖滾客每天都不在家，每晚都睡在不同的地方。

但，沒想到我居然也得到了潔癖。

都是背背害的，因為她愛乾淨，成天對著我念「連小事都做不好還想做什麼大事」之類的話，邊說邊快速地把地上的碎屑掃起來。我跟著她做，剛開始時老大不甘願，久了才發現原來清潔滿有趣的，可以讓人規律地培養耐性，並且獲得成就感。

神奇的是，當我漸漸養成把東西收好的習慣，不再重複打開一個已經開過一百次的抽屜，找一把已經弄丟一百次的鑰匙、鉛筆、唱片之後，我開始愛穿色澤明亮、輕快的衣服。那些黑的、酸的、上頭有洞的、領口歪掉的衣服被一口氣扔掉了。我想用白T恤塞滿我的衣櫃，只穿它們就好。

就連音樂我都越聽越小聲。太快太吵的不聽，太囉唆太複雜的不聽，甚至有時只想聽水珠滴到洗手台、風吹樹葉、兩三小貓狗喵喵汪汪，或機械笨拙但誠懇的運作聲。

於是，我可以斬釘截鐵地說，小看清潔的人是絕對不可能成功的，成功的人都說，要做好工作要得找到做事的方法，而清潔就是最好的練習。

只有把房間整理好，你才有可能成為一個搖滾明星。

我還可以說，洗盤子跟寫歌其實是同一件事，甚至跟做火箭，或是鍛鑄一把菜刀一樣沒什麼不同。天底下不論要做好任何事，需要的就是耐心。

保持耐心，就能發現事情的規律。

「不油的要先洗，大碗的掛著，小盤的要疊好。」

清潔是訓練耐心跟規律的最好方法。

一個一個音慢慢選，總有一天一首歌可以寫完。

清潔也是一樣。

Joni Mitchell

「去找那首歌。」

我在獨處時聽見這個命令，或是請求。我是自己最忠心的士兵，沒有問那首歌的速度是快是慢，曲風古典或現代，只靜靜地起身，毫無頭緒地走進廣大的歷史之中，準備為它流浪。

一萬里，兩萬里，三萬里。旅途上我遇見在雨中拉著低音提琴的吉普賽人，聽見遠離草原的民謠詩隊站在地下道裡唱歌，還有藏在林蔭中彈豎琴的仙子，以及用破銅爛鐵對著大樓節節擊鼓的癡人。我用愛聆聽，他們用音樂在世界的沙灘上留下腳印引領我前去。我有愛，也有像夢一樣的時間可以回應它們的呼喚，但我等不到自己的指示，聽不見聲音告訴我「這就是那首歌」。我盯著海水上岸，將它們的痕跡越沖越淡，等尾音都消失了才續程。

皮曬乾了，連骨髓都有燒焦的柴味。我在夏日連走了一百天，整個靈魂因為旅行而飽滿也匱乏。路上的光景在足以成為回憶之前，馬上又會被移動的速度抽空，我穿梭在不同的城市之間，不停地在精神裡挪出空間讓新的景象棲息，然後消滅它們。

又一個萬里。這時我的精神已死裡復活了三次，暫居在某個城市的南邊。我想起自己上上上一次的生活，那時的家也落在城市的南面。但現在這棟房子不會呼吸，很少有風流動，像個肺堵塞的老人。此時我的旅行速度已經減緩，因此多出了可以坐在電腦前的時間，我發現有一張誕生在迷色幻音時代的「藍色」專輯忘了聆聽。

我曾經很羨慕那個時代的生活，嚮往那個充滿愛與花朵的神秘時空，還有滿身泥濘的音樂祭。音樂響起，嗡嗡嗡嗡，一把吉他聽起來像撥鈴波琴（事後才知吉他有做特殊調音），女人唱歌，那聲音像一道活水浮高游低，輕巧的流動中常擊出奪目的水花，許人身心沁涼。就算不跟歌詞，光聽語氣的起伏，就能感覺到她的情感有多真實。

她把你當成朋友，每首歌都像摟著你肩膀講話一樣。我像個小學童，只有八歲大，從頭到尾一字一句順著歌詞把整張專輯一氣聽完。你知道她遊歐去了巴黎，沉溺於異國的美景與情人，但始終心繫加州與海。我沒去過加州，舊居也離水不近，但我明白她的故事，那裡面藏有Joni Mitchell[47]對風光明媚的加州的思念，恰恰呼應了我想走回烏煙瘴氣的台北的渴望。

我跟她一樣是旅途的囚徒，只是她已在回家的路上而我還得繼續遠行。我此刻不再羨慕她的時代，只羨慕她是個歸人。

47 Joni Mitchell，極有影響力的加拿大歌手，曾創造五十幾種非正式調音的吉他和弦，被《滾石》雜誌譽為「史上最偉大的七十二位吉他手」之一。

行走的樂趣

我有一個很中年大叔的興趣，那就是散步。為什麼把這興趣歸類至熟男等級，是因為與我同齡的友人多不好此道，加上我早睡早起，喜歡爬山看樹，種種行為湊在一起容易給人一種暗示：

郝方竹

↓

喜歡散步

↓

早睡早起

↓

喜歡樹木

↓

公園有很多樹

↓

他大概也喜歡老人晨間操

（確實不排斥）

↓

散步很老人

↓

郝方竹沒那麼老

↓

散步很中年

不假借外力，全憑自己的意志移動，行走是所有人種打從娘胎出生以來的第一成就。想想嬰兒從蠕蠕爬行蟲態蛻變，第一次成功用雙腳立身的瞬間，儘管身高不夠，但他確實從此與他的父母同形同狀，能夠頂天立地。那是多麼自由澎湃，療癒非常的一刻。

在台北生活，我不騎車也不開車，除了利用大眾交通工具移動之外，其餘時間全靠雙腳。在夏日行走汗流浹背，在冬日行走寒風刺骨，比起坐在鬆軟的皮椅墊上、冷暖氣嗖嗖的車內，走路確實需要消耗更多生理機能或精神意志，但這也是它最為寶貴的地方。當我暴露在外界之中，隻身面對天地的情況下，我常會感到一種世界比平常更加「真實」的幻覺。

關於行走的幻覺，第一次是在國中時發生。那大概是我第一次一個人出門，走了約一公里路程，為了到光華商場看最新潮的電動玩具。那天天氣很好，難得在都市中可清晰看見藍天白雲，我獨自在高樓棋盤之間穿梭，對著某餐廳屋頂的巨大暴龍裝飾發呆。在來往奔波的車流中，我忽然感到一股寂然的寧靜，那是一種混雜著悲傷的感動，大概在我的潛意識裡，我明白自己能夠不用父母的陪伴就能走來這裡，表示自己已經長大了。

移居紐西蘭後，我有了更多行走的機會。我的高中旁邊有一座森林，裡頭有四五條步道方便行人前往不同地區，是許多學生上課回家的必經通路。通往我家的那條路上有一道會讓人滑跤的陡坡，還有一座跨越流水的木橋。我每天踏著草葉，在林蔭構成的迷陣中閒晃，儘管得走上將近一個小時路程才能到家，但崎嶇的地形、形貌詭異的蕨類帶給我很多樂趣。我常想像自己陷入了妖魔鬼怪之境，危機四伏。當我穿過森林，站在山丘頂端瞭望馬路像一道瀑布流向遠方，以及布滿平原的樓房時，我被一股天地特有的蒼茫給淹沒了。

我開始走得更遠。為了討一個女生歡心，遠行三個鐘頭，要在學校午休時見她一面。我永遠記得那天馬路轉著大彎，一棵一棵行道樹在路旁搖晃的景象，在這偏僻的曲徑上只有我一人，但我心中沒有寂寞。只可惜我沒料到自己與她在半身高的木柵欄前會面時，會緊張地說不出話來。我應該要買一罐甜蜜蜜的飲料，或是一片巧克力餅乾，給她做午休時的點心，或是乾脆在路邊採一把野花，來代表我行走之真實。匆匆會面片刻，我便愣頭愣腦地踏上歸途，路上風光雖然依舊，但說什麼都不同了。

我也曾為了生活行走。大學時窮得沒錢坐公車，只得空著肚子走路去餐廳面試，一走三四個小時過去，餓得昏頭轉向。當我看見雜貨店立在路旁的牛奶促銷看板時，只覺得那是一桶黃金，仙界瓊液。眼看再一個小時就到約定的面試時間，但自己還被困在無窮盡的山路中。這時天空下起大雨，絕望的大，我舉起大拇指求助於順風車，一台吉普車停下，我感激爬進。這好心的車主是個成功的房地產業務，攀談後發現他之前竟是一所學校的校長，曾經外派至台灣擔任某一間學校的教育顧問。在這淒風苦雨的偶然之中，我們居然能找到與彼此生命呼應的連結。

時至今日我還是繼續走路，並且深深迷戀其中的滋味。我從摩登都市走過千年古城，從樹林小徑潛入層層山林，一直希望能將年少魯莽冒失的步伐馴化成平穩的節奏，並不斷反省學習，如何走得更從容。

黑人

新的宇宙在一場大戰之後誕生了。住在溪邊的白神仙靠他種的蘑菇閃電贏得勝利，成為地球的統治者。他用戰爭贏得的寶石做了許多發光的盒子，抓了很多膚色黝黑的精靈在裡面唱歌跳舞。這些精靈的媽媽從小就教他們唱歌，他們穿著漂亮的衣服又蹦又叫，把音樂都唱活了。白神仙很高興，因為他們在盒子裡為他賺進很多財富。人們每天盯著那些發光的盒子看，學習精靈唱歌的語氣，研究他們跑步的姿勢。人們的崇拜讓這些精靈成為獨一無二的神祇，只要有盒子的地方都流傳著關於他們的神話。

我相信只要喜歡搖滾、爵士或現代音樂的人，心底都住了一個黑人。誇張一點，只要家裡有彩色電視機，活在 Michael Jackson 最酷最炫的音樂影片或是 Michael Jordan 飛身灌籃年代的人，大都會把音樂與運動跟黑人畫上等號。美國媒體獨霸的影響力，為我們建立了一項不可磨滅的神話：黑人就是會音樂與運動。

我的信仰是愛看籃球的豬張給的，所有朋友裡面大概就屬他最吹捧黑人。除了讚美他們的運動能力外，每個黑人在他眼裡都是超級帥哥，本來我並不特別著迷黑人五官的特色，小時候多半覺得他們有點神秘跟恐怖，因為美國電影常把黑人塑造成反派。但受到豬張的影響，我也不由自主開始欣賞起非洲人種的外貌，特別喜歡他們之中有種長手長腳的身形，看起來很靈活的體態。

但最重要的，還是因為他們創造了這個時代的音樂。

最早從 Michael Jackson 開始。那時我十三歲，先是被他變成狼人的音樂影片嚇個半死，再接著看他從沙堆中冒出來跳舞，有趣的是，那時也不覺得他的膚色從黑變白有何怪誕，全把心思放在他激昂的嗓音、經典的舞步，還有那些奧妙難解的特效上。等 Michael Jackson 多年後因醜聞纏身漸漸淡出歌壇，我才明白，這位蒼白清瘦的帝王其實是非裔美國人，並且除了他以外，還有許多黑人在音樂的領域中發光，照亮了整個美國，甚至當代世界的音樂產業。

「要不是黑人的話，我們至今還在用我們的腳指頭跳舞。」The Doors[48]的鍵盤手 Ray Manzarek 在一部搖滾的紀錄片裡提出他對音樂發展的看法。早在美國用原子彈毀滅廣島結束二戰前，美國黑人已用散拍、反拍、半音、call and response[49]等元素把歐洲音樂切成一片一片，先為二十世紀譜好新的曲子。由勞工、奴隸、妓院的琴師所譜出的音樂，如同所有新穎的事物一樣，剛開始很難被社會接受，因為它們不合古典音樂的章法，出身低賤，只能在特定族群中流行。強調節奏的黑人音樂雖被百般刁難或被白人剽竊，但最終他們還是掌握了二十一世紀的流行，從苦勞的吶喊到活脫的饒舌，源自都市邊緣的 Hip Hop[50]是當今最受到全世界喜愛的音樂種類之一。

我沒辦法不崇拜這樣的音樂神話，一心想著黑人是不是走路都像跳舞，黑手背裡的白手心壓在弦上是不是有一種魔力，他們發音的共鳴處是不是在身體裡神秘地閃爍。崇拜歸崇拜，但不代表我接受種族優生學，我始終沒有像豬張那麼瘋狂。對於「黑人的血液裡有音樂細胞」這樣的流言我還是有所保留。可惜台灣的非洲移民大都是來教英文的南非白人，純正的非洲黑人少之又少，所以很難查證，對於黑色人種的音樂憧憬與懷疑，我只能留它們在想像中發酵辯證。

直到二〇一二年初，我跟背背結婚後往歐洲飛去。

這三個月的窮遊是我此生最接近非洲大陸的時刻。每到新的城市，我就開始尋找當地非裔的居民，迫切地聽著他們的腔調如何呈現不同的歐陸語言，妄想那之中藏有音樂的秘密，享受他們聲線中那種沉穩、中低頻黏糊糊的黑色酷勁。路途上多會遇見旅客提醒盡可能避免接近黑人，他們的理由不外乎是小心會被偷錢搶錢。但我總不以為意，罪犯是哪裡都有，把黑人都當成罪犯那就是一種歧視。

我跟背背在巴黎待了兩個星期，當地的黑人優雅風尚，跟印象中電視裡引領流行風潮的美國黑人還算類似，但多了點文藝性，看起來比較像設計師不像音樂家。在西歐一路上沒見到幾個街頭表演的黑人，倒是很多西班牙（或吉普賽）的樂隊，不知道那些天賦異稟的黑人是不是不願意隨便在街頭賣弄音樂討錢，或是這裡深厚的古典樂文化沒有容納他們的空間。等到了義大利，看見路邊滿是賣假皮包假手錶的攤販，商主倒清一色全是黑人，我這才確定了一件事。

非關血緣。要是沒有文化的力量，就算是 Michael Jackson 也只能在網咖當收銀員。我們認為黑人很壞、很會跳舞、很會運動諸如此類的神話，都是九〇年代美國媒體給我們的催眠。美國至今仍是世界上的娛樂大國，身為二戰的勝利者，他們也不怕沒有資源，打造出世界第一的舞台與音樂環境，也是本世紀最諷刺的文化搖籃。西非的奴隸在美國為了排解痛苦，在極端苦勞中傳續了他們的音樂傳統好來娛樂自己，繼而創造爵士、藍調與福音，加上白人的鄉村民謠，最後形成了搖滾樂。這個黑白特性混雜的音樂多半是黑人的智慧財產，最後卻被白人吃了大塊豆腐。

儘管搖滾歷史中有過諸多黑人英雄，但最負盛名的明星莫過於貓王、披頭四等白人樂手。一「白」遮三醜，這樣的潛規則很多人都瞭解，像 Prince[51] 喜歡打強光拍照或上電視，因為這樣能讓他看起來膚色較白。美國媒體讓黑人在現代音樂史中成了一種迷信，然而這個剝削黑人的音樂產業其實沒有造神的意思，因為真正的神是他們自己，白人用黑人的文化當招牌賺錢，而我們乖乖付款。

只能說一切都是緣分。美國接受外來文化的態度，以及他們奴役黑人的歷史，造就了當代音樂最美麗的故事。黑與白的交融恰巧像鋼琴上的黑鍵白鍵一樣，然而移除所有浪漫的情懷的話，這段歷史之中沒有神蹟，只有文化。

膚色較深的人種大體上比較會唱歌的原因，是因為他們經常使用身體。我以前因為貪圖城市的便利性，不論是身體或心靈都變得跟機械一樣死板。一旦疏遠身體，也就疏遠了自然，而疏遠自然的人是不會懂音樂的。親近天地的原住民，以及在美國勞動的黑人，在當代歷史中都是弱勢角色，當其他人搶著住進狹小的都市公寓，每天注意不要打擾鄰居的安寧時，他們依舊站在廣闊的草原上，望著碩大的山谷，傳出悠長的嗓音。他們時常運用聲音，也必須運用聲音，所以自然會熟悉歌唱的技巧，也更懂得運用音樂。全世界的音樂沒有好壞強弱，只有文化特色。佛朗明哥悲愴驚心，愛爾蘭民歌雀躍，高行健筆下的少數民族歌謠靈光閃閃，漢人算出了十二平均律，硬說哪一個人種，才是音樂的人種根本是無稽之談。

這世上人類所有可貴的能力，都是文化造成的。而文化需要沉澱的時間與開闊的心胸才能承續。

我只希望有一天神話盡除，台灣家家都有一把電吉他或者其他樂器，就像韓國人戶戶都有銅盤烤肉一樣平常。屆時音樂再也不是一種曖昧不明、迷信甚至是很高調的事，它就像去巷口買一份報紙，中秋節要吃月餅一樣，是如此親近生活的行為。

48 The Doors，美國洛杉磯樂團，主唱 Jim Morrison 常在歌詞中表達自己對死亡的憧憬，也是第一個在演唱會上被警察逮捕的藝人。
49 一種藍調常用的音樂手法，樂手用對話的情境來思考樂句，將之設計成一問一答的形式。
50 Hip Hop，一種結合饒舌、DJ、塗鴉與霹靂舞，源自紐約貧民區的「街頭」音樂，今為世上最受歡迎的音樂類型之一。
51 Prince，美國知名音樂家，擁有自己的音樂廠牌，常常一手包辦所有樂器的編寫、彈奏以及製作。

舞台

舞台上有過很多人，他們都死了，有的被河水捲走，有的在高速公路上，有的在異鄉的浴缸裡。不論主角是男是女，年輕或老邁，總是有很多毒品，很多酒精，更多心碎。他們留下一齣又一齣將靈魂超頻後創造的演出，供台下的戲迷膜拜、迷信，或膽怯。

我曾看過一個男孩，在舞台上眼睛從白翻黃，瞳孔束成一線，口中方正的牙齒突然變成尖銳的獸牙。他跟自己心儀的女生表白後，變成了一頭狼，在失去最後的理智之前，用濃濁渾糊的嗓音大叫了一聲「Go away」！

他一下從砂粉中現形，一下在太空中遨遊。怎知他在台下也會變身，皮膚由黑轉白，粗厚的鼻梁變得像根小火柴棒。他從叱吒風雲的王者，變成戀童醜聞纏身的豺狼。

他從六歲就上台，直到五十歲死去。男孩喜歡倒退著跳舞，我想他其實很想逃跑。

還有另一個男孩，金髮，揮舞著黑色大旗，他的眼睛是秋日的晴空藍。破牛仔褲、格子衫、帆布鞋，他率性地著裝，卻穿出整個時代的風尚，一如他粗野地刷弦卻奏出轟動全場的嘈雜，萬人愛戴。

我在台下看著，聽出其實他只是一個想獨自坐在橋下看魚、在爐火前跟家人一起念故事書的小男生。他可能會成為一個畫家，或者一位平凡歌手，彈著木吉他，將搖滾的憤怒苦澀過濾，唱出他歌聲中獨特的甜美。

金髮男孩最後在舞台上找到了自己的宗教觀。他相信涅槃是一把散彈槍，子彈能輕易貫穿頭顱。然後他留了一封遺書給他想像中的朋友，孤獨地走了。

「時間到。」

工作人員高聲宣布。

我看著舞台突然開始瓦解、變形，成了一張無窮的網。人人都被網住，我再也分不清誰是觀眾誰又是表演者。

英雄消失了，傳說消失了。在變形後的舞台上沒有聚首也不會離別，沒有溫度或牽牽小手的曖昧，劇情靠念頭就能傳遞，角色一轉眼就會互換。於是大家開始自由拼貼，你演十五分鐘這，我演十五分鐘那，你崇拜我，我再崇拜你，這次他演殺手，下次換她當魔王……

所有的畫面與聲音都改由兩個數字組成，重複重複再重複。舞台打結纏死了曾經上演或即將要上演的故事。

安心吧，所有已離去的男孩或女孩，舞台已經崩潰了，再也沒有人會因它而犧牲。所有人都一樣偉大與渺小。

世界的第一首歌

不經意的，這個問題常會跑入我的腦中，人類的第一首歌從何而來？知名奇幻文學作家尼爾．蓋曼在《蜘蛛男孩》的開頭寫到，這個世界是由一首歌開始的。這本小說有一個浪漫的開頭。我想那首歌應該是一陣隆隆的鼓聲吧，如果硬跟現代科學理論結合的話，那鼓聲可把整個宇宙給炸開。我喜歡世界是被聲音製造出來的。

人類一切的靈感都來自自然，第一首歌應該也是。有一天第二壯對我說，鳥很有趣，牠們每天在樹上練習怎麼唱歌，練習新的唱法，還有展現新創的句子。消化完第二壯對鳥投射的音樂情感後，我開始注意鳥叫，才發現牠們是如此厲害的歌手，我把牠們列入影響人類唱歌的來源之一。鳥是獨奏家，牠們歌唱的旋律明顯，樂句轉折多變並富有明確的主題，說是牠們教會了人類唱歌似乎並不牽強。

我多少接受了世界上第一首歌是來自鳥類的想法之後，一日在野外聆聽，卻發現還有另一種可能性。除了鳥叫以外，樹上有蟬，水裡有青蛙，草裡也躲著蟋蟀。牠們的樂句較為固定，沒有太搶耳的變化，但充滿濃濃動機，這樣的歌聲雖然不如鳥叫華麗，但大家齊聲同唱一音讓人感覺很安詳。蟲鳴，也擁有觸發人類唱歌的可能性。那究竟充滿動機的節奏以及主題性的旋律，是哪一種聲音先給了人類唱第一首歌的靈感？這個問題還是像雞生蛋蛋生雞一樣令我無解。

一日，我在佛經上看到一句話，「一切音聲皆是陀羅尼」。

陀羅尼的意思大概是一種咒語，一種讓人了悟的聲音。正在尋找世界上第一首歌的我，很偏執地把這段文字讀成「一切音聲皆是音樂／歌曲」。我想起一些喜歡物理的朋友，他們曾說這世上所有東西其實都在振動。我還想起了一個相關的物理節目，它說人類的身體裡面其實都裝著弦，雖然很小很小，但確實存在。對於一個喜歡吉他的人來說，這世界上沒有比我身體裡面裝著弦更酷的事情。

總之，這些林林總總的物理常識都讓我覺得跟陀羅尼一事有所共鳴。東西在振動的話自然會發出聲音，有聲音自然就有節奏跟旋律，而最後便會成為一首歌，只是明顯不明顯的問題。於是我開始試著分析身邊的聲音，街道的聲音，餐廳的聲音。

拿現在的火車來說吧（我正坐在一列開往那不勒斯的火車上）。此刻輪子在軌道上行駛並混雜著風聲的隆隆聲是低頻，因為列車行駛速度過快而不時震動的座椅聲是中頻，不知是窗戶還是車廂關節處的金屬碰撞聲是高頻，這些物件發出的聲音雖然旋律性不豐富，但節奏是明顯的。人造的物件能發出聲音，更不要說是自然了。風聲穿過樹林打在地上的雨聲想必是比上述的金屬或塑膠要出現得更早，所以音樂本是無所不在，除了蟲鳴鳥叫，人類第一首歌的可能來源更多、更複雜了。

場景／頻率	低頻	中頻	高頻
便利商店內	冰櫃運作的聲音	廣播的音樂與路人的對話	門鈴聲
房間	外頭行駛而過的汽車引擎聲	我跟背背持續對話的聲音	窗外間斷的鳥叫聲
夜晚的床上	呼氣聲	吸氣聲	耳內共鳴

我買過幾本關於歌唱的書，我喜歡思考有關歌的問題，也喜歡看人談論歌唱。那些書裡常會寫到「其實唱歌就像說話一樣」，我覺得那很有道理，也喜歡把它看成「語言其實是一首歌」。

我白天的工作是教英文會話，這個想法會讓我覺得其實我是在教人唱歌，唱歌不能勉強，身體要放鬆，才能自然地把歌唱出來，講話也很像這樣。我喜歡語言，尤其是完全沒辦法理解的語言，因為當說話的意義消失時，語言會變得像歌一樣。有人講話聽起來像大提琴，有人像小喇叭，有人個性活潑句子又跳又快，有人沉穩句子悠遠長揚。語言被發明是為了方便人類溝通。事實上人類的每一種行為都是一種表達，但為了能夠確實傳達訊息，精準溝通，所以我們發明了語言，而人類確實也用它展現出自己潛在豐富的音樂性。

大多數的人沒發現自己一開口其實就是在唱歌。有人說話的地方就有一齣歌劇上演，如果有人說自己不會唱歌，那是錯誤的，他不明白這世上就算是啞巴也會唱歌。排除昆蟲鳥類或非自然物件的聲響，第一首歌的可能性回到了人類身上，但如果人類的語言是這世上的第一首歌，那它又是在哪裡出現的？

有一天晚上我躺在床上，在睡前想起了很多事情，跟尋找第一首歌無關，但那些問題一樣讓我感覺困惑。我哭了出來，找不到答案的心情成為一種沉重的悲傷。我盡情地哭著，忽然間我感到自己的嚎啕聽起來就像一首歌，抑揚頓挫，輕重分明，它十足是一段充滿了「表情」的樂句。原來嚎啕比語言更接近音樂，語言為了精準有時過於理智了，尤其是都市裡的語言，它們的節奏與音高被「現代化」，被量產了，被制式了。我開始幻想自己是個原始人，一件傷心的事哭了半天沒人聽得懂。嚎啕不是語言，不夠精準，但那樣的不精準卻足以溝通，它具備了音樂終極的特性——情感。音樂（或語言）之所以誕生，是因為人類有了想要溝通或表達的心情。有情感所以有哭聲，才開始有了音樂。

所以，我找到了，哭聲就是人類的第一種語言，也是人類的第一首歌。那不是跟誰學來的，跟蟲鳴鳥叫無關，跟路過的風聲雨聲也無關，它們頂多是一種提示。

萬物都有自己的音樂，人類也有，那首歌就活在世界的裡面。還記得我們其實都裝著弦，每一個東西都在振動，不是嗎？

知識障

如果我說，那些我們熱愛的音樂，與它相關的知識，到最後會造成我們聆聽上的障礙，你相信嗎？

如果音樂是一道地洞，我們則愛上了它的神秘，以至於我們甘願離開地表上的光明，冒著危險進入黑暗俯身去感受它。在洞穴中，我們有人開始學習樂器，試著操縱音樂的語言，或是有人開始考古，研究音樂在當代發展的脈絡，並牢記每個年代的音樂特徵與經典唱片。三分鐘、五分鐘、四十分鐘、七十分鐘，我們在音符流動的時間中建立了獨特的聆聽方法與口味，並且越來越享受地底刁鑽的氛圍與格局。

音樂知識、術語、技巧，我們把這些東西視為寶物，每天如飢似渴地累積它們。豐富的音樂經驗已把我們的耳朵打開，我們能聽見更多樂句間的細節，能夠察覺不同音色之中蘊含的溫度。但這樣的想像，究竟是真的嗎？

也許有人會說多就是好，書要讀多，錢要賺多，音樂也是一樣。假設「多」的好處是無庸置疑的，那為什麼小孩子看起來比成年人要快樂得多呢？歲數大的人在世界上活得日子比較多，他們的生命不是應該要比較好嗎？這個世界上應該永遠都充滿著成功，快樂的成年人才對，但為什麼還是有人懷抱怨恨與痛苦呢？音樂聽得多，真的代表我們能獲得更多聽覺上的快樂嗎？

我曾經以為自己學了樂器，便比一般聽眾（通常指流行音樂）更有音樂主見與聆聽技巧。但有時我不禁會想，那些不像我們這樣著迷、瘋狂研究音樂的人，會不會其實擁有比我們更為敏銳的耳朵？他們不曾強迫自己往地洞裡鑽，會不會是因為他們沒有離開地表的必要？關於這個問題，我沒有答案。因為沒有人能夠成為另一個人的靈魂，聽見他人耳中的聲音。想到這裡，我不禁開始害怕，開始小心翼翼地看待自己關於音樂的見解，或是對任何事物的批評。因為我永遠沒辦法確定自己到底聽見了什麼，或是想法夠不夠宏觀。

我會這麼謹慎思考，大都是為了自我反省，審視自己年輕時不夠圓融的想法。

我曾經有一段時間非常仇視偶像歌手，認為他們都是唱片公司操作的賺錢機器，愚弄歌迷的偽藝人。我認為只有會創作的歌手，才是真正有價值的歌手，因為能創作的人才有自主性，才是真正懂音樂的藝人。現在想想，我真為自己當年的無知感到羞愧，只承認一種藝人，就等於只接受一種宗教、只承認一個國家、只歌頌一個人種一樣，必會製造許多紛爭。

當然，一個人若想成為創作歌手，創作當然重要，但如果說，創作應該是所有藝人的義務的話，那就太過偏頗了。不只音樂，普天之下所有選擇其實都只是一種品味，是一個極端私人的偏見，而這樣的偏見沒道理成為一種強制性的要求。

如今，我相信一個藝人的價值，或是任何人的價值，都不該僅僅用創作力來判斷。一個藝人只要他認真跳舞，認真唱歌，認真搞笑，不管他專注的領域是什麼，只要努力，立場堅定，他就應當受到尊重。我喜歡創作者，而我也希望自己能夠成為一個創作者，這樣的初衷單純無礙，但是當我因為自己的選擇，而只尊重創作者時，那樣的單純就變成愚癡了。龐克嫌嬉皮消極，金屬頭鄙視饒舌歌手，很多藍調與爵士樂手則對上述的徒子徒孫不屑一顧。一不小心，我們過於相信自己對音樂的期待與品味，會把世界變得又窄又傷心。

所有一起在地洞裡探索的朋友，擁有自己的品味是一件值得驕傲的事情，那是我們對音樂的愛情證據，而在追尋這份愛情的過程中，也讓我們更瞭解自己是怎樣的人。我寫這篇文章的本意僅是為了個人反省，如果年輕的我能夠讀見這篇文章，他就能提早發現世界本來就是由一連串的衝突與抗衡所組成，天與地，男與女，生與死，晝與夜，每一種事物的主體都有與之角力的客體，也正因為如此，我們的品味本來就沒辦法被滿足，甚至不可能被滿足。

當選擇深入音樂這道地洞，被黑影包圍是在所難免，一旦有了主觀意識，我們便得永遠帶著成見去聆聽音樂，但只要堅持爬行，等從出口鑽出再見陽光之時，我們便能隨心所欲改變聽見聲音的方法。也許偶爾像個純真的小孩，也許偶爾像個經驗老到的大人，來去自如，永無妨礙。

減少的意義

高中時迷上日本視覺系搖滾的時候，常常會戴手鍊項鍊出門，甚至穿了耳洞，一次打了兩個小銀球在耳骨上，頭髮也染金了。每天華麗重裝出門，直到一天被一位大姐教訓了一頓。

「一個大男生身上戴一堆叮叮噹噹的幹什麼。」

這是一種性別刻板，過於傳統的保守發言，而它刺中了我心中那塊尚未成熟的雄性區域。我沒有被刺傷，但被刺醒了。我開始回想自己早上出門前彆扭的樣子，會不會比起掛一堆閃亮附屬品在身上，其實我更想用樹枝捆住長頭髮，或光著腳跳出門？無論如何，我明白我的原罪不在於裝飾了自己的雄性外貌，而是我裝飾的手法出了問題，不適合也不好看。

東西太多。

不得不說世道盛行加法，分數要高、薪水要高、房子要高，買套餐要送飲料，才出新專輯就又有慶功版，衣服說什麼都不能買素的，上面的圖案要花花花。「多」是一種普遍的情結，東西合不合適自己，那不重要，只要「多」就對了。

我也曾經以為東西一多，就能得到別人的重視。不只在服裝上，我在音樂中也掉入了「多」的陷阱。先是吉他，我買了一把琴之後，不分青紅皂白地學別人買電線、電容、旋鈕等雜物，搞得自己像個電路專家似的，其實我根本連基礎的焊錫技巧都不會。零件裝好了，一彈，說實在的我根本不記得原本的聲音是什麼，也不知道該從何比較。

吉他之後是效果器。買一個效果器，兩個效果器，再一個效果器還是不夠。是不是應該直接買電子鍵盤？或是一個電子鼓板？除了音色的問題之外，還得要有電腦錄音，要買麥克風，買錄音介面，還有監聽喇叭……每每想到這裡就有點沮喪，是不是人窮的話就都不要玩音樂了？我沒辦法接受這個結論，於是停了下來，細細思考。

這下我才發現，原來自己一直像頭傻驢一樣，默默接受了「通才至上」的社會風氣，不明白去做自己會的事情，比做好所有事情來得重要。

我開始重新思考音樂對我的重要性。究竟我需要的是一個老音箱、一台綜合效果器、一把木吉他、還是一台電腦？與之前不同的是，我不再用加法，這次我用減的，只留最重要的元素。

若要買琴，五萬塊的琴比一萬塊的琴好，十萬塊的琴又比五萬塊好，要的話永遠有更貴的琴，所以琴只要能發出聲音，能寫得了歌就好。西塔琴是一種音色，斑鳩琴是一種音色，曼陀林又是另一種音色，音色無窮無盡，所以手邊有什麼，就用它編曲就好。

歌用電腦錄也好，用手機錄也好，花幾百萬去專業錄音室錄也好，但一首歌難聽就是難聽，叫神仙來錄也是難聽，所以不如想辦法把歌寫好。美國佬寫了一首好歌，台灣人也寫了一首好歌，寫來寫去流行音樂就是跑不開一四五級和弦，所以唱片也不用買了，把手邊有的繼續琢磨，好好想想自己要寫什麼故事，多看幾本書才對。

這本書也好看，那本書也好看，看來看去還有好幾本沒看完，要買書不如把手邊的看完再說，況且怎麼說那些都是別人的故事，要自己有故事應該多去外面看看走走，多認識一些人……

想到最後，我發現我其實什麼都不需要，我真不敢相信自己被矇騙了這麼久，花了那麼多不必要的金錢與時間，讓自己在莫名其妙的煩惱中打轉。

打從一開始，當我擁有這個身體、擁有生命開始，我就已經在音樂上完美了。任何樂器之於這個身體都是多餘的，因為身體就能發出聲音，有生命就能歌唱，雙手打在一起就有節奏，更別說還有腳可以踩、可以跺。

我所需要的，頂多是一支筆，一張紙，這樣我能把音樂記錄起來，把故事寫下來，而且那只是一種冷靜的選擇，我更可以像在體內流動滾燙的血液一樣熱情，把歌唱給每一個我見到的人，把故事講給他們聽，讓音樂與文字在所有人的嘴裡、意識裡、激情的吶喊裡活下來，在永恆與瞬間之中活下來。

如今，我感覺自由了，彷彿一個囚犯卸下腳鐐、手銬，從冰冷的監牢走向充滿愛的世界。年輕時渴望引人注目的苦澀，與成年後面對世界的困惑都消失了，當我不需要任何東西的時候，我便是宇宙中最富有的人。

音樂的形狀

那時我用的是一支桌上型麥克風。

乳黃色底盤上立著一根細細的管子，不比一根吸管大上多少。這是當年常見的款式，多用於網路通話。

我坐在地下室裡，用朋友不要的鼓，借來的吉他，還有這支塑膠麥克風錄了一段音樂，品質想當然爾廉價，但這讓我第一次見到聲波的形狀，像魚骨頭、蛇、巨龍，看著這些被電腦擷取的波形，我開始明白聲音其實具備圖像的素質。

圖畫的媒材很多。一般常見的有畫布或紙，利用不同的顏料或器具則可在木頭、金屬、甚至是空中作畫。要說這世上的所有物品都是潛在的畫紙也不為過，只是尺寸大小的差別而已。

比較起來，能夠容納、展現音樂的媒材只有一個，那就是時間。因此若是把音樂當成畫來看，它沒有大小之分，只有長短差別。或許是因為心電圖的暗示，或是長期浸淫在西方文化主導的電腦介面下錄音或聽歌的緣故，音樂圖像在我腦中總是由左至右展開，像一筒捲軸或一條地毯一樣，其中每種樂器所具備的音色與音量，恰如繪畫的顏材質感，能夠營造特定氣氛與層次深淺，勾起聆聽者的情緒。

把音樂圖像化後，我總共得到兩個概念。

A・外在

做為音樂的媒材，時間沒有範圍上的侷限性，但人類的聽覺有限。所以持續性的巨大音量，或是過於繁複絢麗的樂器樂句，容易造成聽眾疲乏。一個高明的創作者應當明瞭自己樂句的目的，不足之處應當加強，完成後就該撒手。所謂綿綿若存，用之不勤，要是不懂得細水長流，也不明白自己的創作動機，那不論是做音樂或是做人都很難圓滿。

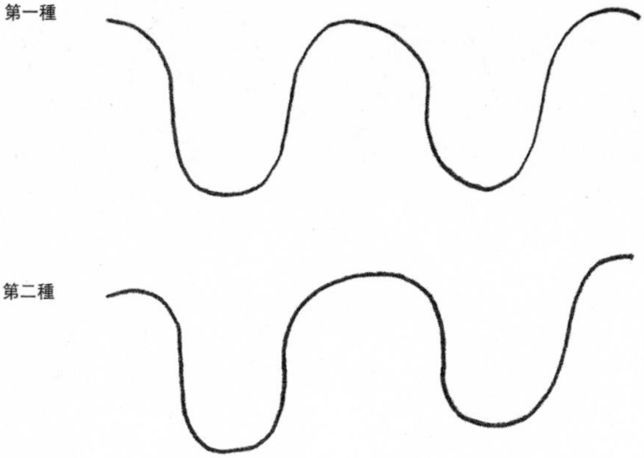

早期我多好追求轉折與變化，喜歡樂句交錯與調性改變的刺激，認為這樣的音樂才是「豐富」的音樂。殊不知樂句能夠無限交疊，和弦也能不停流轉，到最後這樣一幅布滿五顏六色的畫，會讓聽眾失去呼吸的空間，也教人看不見創作者的個性與焦點。

B・內在

若是把時間拉得夠長，我認為音樂最後會有兩種模樣。

（上圖）

兩種波形看似相同，但若我們把時間拉至

第一種

第二種

它們的起點：

（上圖）

上下，多少，起伏，是所有音樂無可避免的過程，也是音樂作為娛樂的趣味所在。我相信，一首歌的起始，源自創作者的心靈。若創作者擁有一顆向上的心，那音符便會躍動，並會一次又一次地奮力跳起。相對的，若是擁有一顆向下的心，那音符便會沉沒，儘管它能從低處爬回原點，但之後自己仍會不斷挖洞陷害自己。

兩種看似相同的波形，會因為出發點的不同，而擁有不同的含義與命運，要攀升或要墜落，選擇權其實都在自己手中。

失物招領

這一走，就是六年沒回頭，也難怪什麼都變了。

從南邊開車上來時，我就覺得錯亂，一塊又一塊像是夢境般的路牌掛在高速公路上。城市的外貌看似沒變，但一深入卻發現，周末的車潮沒了，從前喜歡的店面不是易主就是整間消失，一連兜了幾家都沒找著。有的朋友還住在老地方，但更多人都走了。我的舊居則變成一間理髮廳，在巷口擺了一塊廣告招牌。

我沒見著第二壯。他去以色列工作八個月。但我請朋友把吉他從他家裡接了過來。這些年來，它跟著第二壯遊山玩水，琴桁磨平，指板木些微乾黃，琴橋上的牙斷了兩根，頗有浪人氣派。它身後還貼著當年的貼紙，上頭印著一名旅人徒步非洲，側身的草葉標本也還在，只是顏色泛黃。

常有人問我怎麼沒把吉他帶回台灣。不是說吉他手會跟他的琴產生感情嗎？這個問題總讓我難為情，當初大概覺得這也不是什麼名琴，就索性把它丟下了。說來真慚愧，最後還得靠這把吉他為我的記憶作證。我真是個差勁的主人。

這把琴的琴頸握在手中的感覺比記憶中厚。琴聲似暖風颳過長草地。我看著指板上乾枯的木紋，想起自己曾用這把吉他，在這塊長長的白雲之島上寫出生命裡的第一首歌。此刻，我又回到紐西蘭，我與創作繫結緣分之地。

半探鄉半存錢，我跟背背決定去歐洲旅行後回到紐西蘭工作，試著把之前窮遊所消耗的旅費賺回來。早有耳聞這邊缺季節性農工，因為工作內容辛苦枯燥，不為當地白人所好，倒是方便了來度假工作的遊子。不少人講到「農工」便會露出鄙夷或輕視的眼神，但我雀躍欲試，因為藍調就是黑人在勞動中萃取出的靈樂，我認為在田裡工作是極寶貴的文化實驗（更不要說還能賺到錢），甚至暗暗祈盼自己能獲得新的音樂體悟。

紐西蘭不產棉花。最後我們在一片草莓園裡找到工作。老闆是當地人，其他員工則是太平洋群島的移民。我們不用在豔陽烈日下工作，老闆也不會拿著皮鞭咄咄逼人，在這樣的情境下，我的藍調體驗純度很難不被稀釋，但內心的感觸仍是源源不絕。

在田裡，有時前一刻還風光明媚，下一秒大雨忽然傾盆而下。有時強風把雲逼開，一瞬間暗淡的顏色被太陽的強光點燃。我在都市出生，在都市工作，大半輩子都躲在建築物裡生活，沒有發覺地球的臉色在一天之內，甚至是十分鐘之內，就可以有如此多種變化。氣溫、光線、風，在地球的遞嬗之中，我聽見歌曲的循環，明白一個和弦接到下個和絃所產生的晝夜晴雨，都是為了要畫出一圈完美的圓。每一顆草莓在我眼中都是一首歌，或一粒音符，我不斷練習如何小心判斷，但又不會執著。這世上沒有完美無缺的草莓，就像任何音符都一定會有所缺憾，要懂得取捨，才能持續前進，持續創作。

接著，我練習忍耐。

一連四五個小時彎腰蹲低，每天接近午時彷彿筋骨都已錯位。苦不堪言時，我不禁會想起那些自己錯過的演唱會，那些極具代表性的樂團第一次到台灣，但我卻無法跟朋友一同到場膜拜。更扯的是我跟背背人在歐洲夏季三個多月，像是鬼打牆一般總是剛好跟當地所有想去的演唱會錯開。剛開始心裡還會感到委屈，但早在歐洲時我便明白忍耐是這趟旅遊的基調，是我最該學會的事情。

小時候家的對面有一間電動玩具店，我只要過個馬路便能買到最新的遊戲卡帶。記得有一次（也許是用壓歲錢）買了一款新的遊戲，還沒進家門便猴急地在電梯裡把它拆開。當我看見那塊卡帶躺在塑膠殼中，從外盒被抽出時，我忽然有種無可言喻的情緒，如今我明白那就是空虛，混雜著一點罪惡感。一口氣把剛買來的玩具拆開，那感覺就像沒寫情書，沒講電話，沒有牽手，才剛碰面就見到曖昧對象的裸體一樣，喪失了所有必要的浪漫情懷。

「你啊，總是一次把東西一口氣吃完，一點也不懂得分配。」背背這句話已說了好幾年。只要觀察我的作品，不難發現我不善忍耐、不懂得鋪陳的個性。對於自己喜歡的節奏、音符，我是近乎氾濫地使用它們，一下子就把音量填滿，表演剛開始就把魔術的秘密揭穿。也許過癮吧，但沒有醞釀的事總是欠一份味道。

所以不論是務農時身體的疼痛，所有錯過的演唱會，旅行中承受的苦難，或是對玩音樂的渴望煎熬，我都把它當成是一種忍耐的練習，我一定要學會如何沉著等待。

結束草莓園工作，在紐西蘭最後的三個月，我跟背背落腳在紐西蘭北島的東南方，一間包裝工廠裡，我們即將埋葬自己身為旅人的腳步。

每日工作始於尖鳴刺耳的電子鐘聲（我最不喜歡的頻率），輸送帶開始轟轟轉圈，卡達卡達作響，它們像海浪或浮雲駕在包裝線上，載著蘋果終日往返。

十八號是我最喜歡的機器，它有關節退化的問題，運作時會發出陣陣牢騷，那規律恆常的苦勞聲在我耳中倒像是情話。「LOVE・LOVE・LOVE」，它用柔和又有點滑稽的音色不斷地說著。

包裝廠除了我跟背背來自亞洲之外，其他員工有九成來自萬那杜島，該島位在太平洋西南方，距紐西蘭飛程四小時。初見時因他們膚色黝黑，髮質曲卷，部分員工外貌與某黑人明星神似，誤以為他們來自非洲（只怪我搖滾情懷作祟）。在一整日的機械聲中，不時會傳來他們此起彼落的呼聲、笑聲、打暗號、吹口哨、模仿動物鳴叫，或是敲敲紙箱大喊「O LA LA」。我常常在想，現代化的工廠與曠野中的棉花田，以及萬那杜人的呼聲跟美國黑人的吶喊之間是否有一座汗漬斑斑的橋。

站在包裝線前，有時得東奔西走，有時一站兩三個小時，一天十三四個鐘頭過去。日子久了，倒也能習慣身體的疲憊，但當我低頭望著運送帶時，我知道自己被困住了。與這間包裝工廠無關，是這個人形肉身的枷鎖裡，其實還藏著另一個我，不發一語地向外看。這時我腦中會浮出所有關於音樂的回想，我會想起某一場表演，帶著樂器出門的雨天，曾去過的場地，所有一起真心喜歡音樂的人，想起電吉他弦在指尖的觸感，以及彈奏時音符在空中擴散的氣氛。我的感情會變成一圈濃濃的漩渦，並開始產生歉意，我為自己的傲慢覺得羞愧，為了那個過於習慣舞台而麻痺的自己，為了相信創造力不會像一顆星球一樣消失的自己，為了那個輕率地站在台上唱著歌、不明白這可能是某些人一輩子夢想的自己。

三十一年的生命中，一次遠離台灣，一次遠離音樂，兩次都帶著極其不捨的心，兩次都是人格的劇烈重組。一個人到底該走多遠的路，才得以被稱為一個人。我已流浪四百五十五天，四萬公里，Bob Dylan 提出的問題，我還沒有答案。

我是一名時間的囚徒。為了贖罪才被困在這裡等待，唯有如此沉寂的酷刑，才能把我從成長的黑影泥沼中拉出來，才能讓我明白也接受所有發生過的心碎與打擊，以及時間的意義。

但幸運的是，我還有那把吉他。它還在世界的盡頭，在層層白雲之下，它保有我寫出第一首歌的靈魂與記憶，而這趟旅行的目的，就是為了要接它回來。

你們你們

發生了。

我沒法確定，它究竟是從左邊，還是右邊開始？到底起點是在裡面，還是外面？有人大聲預言嗎？還是知情的人事物之間都有個無聲的暗號？就怪我大多數的時間都在發呆，而那發生的瞬間又是如此神秘，就像天色一樣，哪怕我盯著天空看，也沒辦法捕捉它的變化。

當我發現時，天已經全亮了。

是在德國發生的嗎？是因為那些蘋果嗎？那時卡塞爾的空中飄著細雨，我跟背背在文件大展的會館中，看著一面白牆上掛著滿滿的蘋果素描。作者是一位二戰時被關在集中營的園丁，他在裡頭唯一的工作就是照顧蘋果。他幫蘋果編號素描，它們的形狀、花紋、色彩全都在他筆下細細呈現，四年他一共記錄了兩百多種不同的蘋果，甚至還培育出四個全新品種。戰後，他成為農會主席，繼續為他熱愛的蘋果效勞。

或是因為那個有關中世紀的夢想嗎？一位藝術家探訪一群對中世紀癡狂的民眾，記錄他們穿著盔甲扮演騎士在舞台上表演樂器的片段。最後他將這些民眾相關的畫作、信件、影片都放在一間小房子裡，做為他的作品。而展示這個盔甲之夢的房子，正是格林兄弟以前住的地方，童話故事之所在。

又或者是梵谷嗎？是那些在他畫布上厚重，看起來幾乎可以稱作是立體作品的顏料嗎？究竟是誰允許他這麼做的？我真被那下筆的氣魄嚇了一跳。

我雖在書店工作過兩年，但沒讀過太多書，若是早幾年要我寫書，出一本自傳式的作品，那肯定是比登天還難。我喜歡創作，也希望自己是個創作者。然而，那些在生命中無可避免會出現的束縛，像一塊硬化的膠水困住了我，迫使我不得不等待自己創造出「偉大」的創作，才敢說自己是個創作者。

創作等於擁有高超的技術，創作等於擁有超人的視野。我被這想法迷惑了。

從二〇一二年底開始，因背背的鼓勵，我開始寫一本書，一本扒下我的皮，讓我疼痛，恐懼，但卻無怨無悔的平凡之書。而我做夢也沒想到，從我開始動手寫作至今，這些文字像是有自己的意志與生命一樣，把我徹底的改變了。在我遊歷四分之一個地球的過程中，我檢視了二十四年的時光（從八歲開始），將它變成一塊又一塊的文字。於是我又重新認識了自己，又或者，我是找回了自己。

其實，我一直在等待的，是一個相信自己的理由。

在參觀歐洲美術館之後，我肯定了一件事，創作者之所以是創作者，是沒有理由的。他們的創作不是為了討好，不是為了技術，也不是為了彰顯，他們只管創作，一直不斷地創作。而推動這一切，使他們遭遇一百次困難、一千次失敗之後還能繼續前進的原因，只有一個。

那就是愛，就是創作者對於創作本身，對這個世界，生命的愛。

我曾自卑於自己的黑暗，羨慕他人的光明。但現在我已明白，所有的黑暗與光明都是自己的妄想，偉大與平凡其實是同一件事情。而生命本身也是一樣，所有的殘酷背後都是溫柔，反之亦然。任誰的生命中都會有遺憾，但也正是因為那遺憾，才能讓生命如此感人。現在的我願意相信這個世界，相信所有發生過的事，相信所有遇見過的人，相信自己應該要做的事情。

我這一生，一直該做而沒做的，就是證明我對音樂的愛，而這本文字之書，就是那愛的證明。

謝謝你們一路陪我走到這裡。

你們你們，舞台上見。

國家圖書館出版品預行編目（Cataloging in Publication）資料

你們你們好／郝方竹著．──初版．──
台北市：大塊文化，2014.02　面；　公分．──（catch；201）
ISBN 978-986-213-484-9（平裝）

855　　102021688

郝方竹，一九八一年生。
在紐西蘭完成人生一半的學歷。在練團室度過人生一半的光陰。
用文字寫出第一本人生歌詞本，無聲地讓人聽見美妙故事。

catch 201

你們你們好

作者：郝方竹
責任編輯：韓秀玫、繆沛倫
封面設計：王志弘工作室
美術編輯：王志弘、徐鈺雯
出版者：大塊文化出版股份有限公司
台北市一〇五南京東路四段二十五號十一樓
www.locuspublishing.com
讀者服務專線：〇八〇〇—〇〇六六八九
電話：〇二—八七一二—三八九八
傳真：〇二—八七一二—三八九七
郵撥帳號：一八九五—五六七五
戶名：大塊文化出版股份有限公司

總經銷：大和書報圖書股份有限公司
新北市新莊區五工五路二號
電話：〇二—八九九〇—二五八八（代表號）
傳真：〇二—二二九〇—一六五八

初版一刷：二〇一四年二月
定價：新台幣二八〇元整

法律顧問：全理法律事務所董安丹律師
國際標準書號：九七八—九八六—二一三—四八四—九

謝謝。